U0446241

犀牛字典

杨昌溢@飞机的坏品位 著

RHINO

重庆出版集团 重庆出版社

"当你对现有的世界不太满意时，你可以虚拟一个世界，住在那里，它是安全的。"

PREFACE

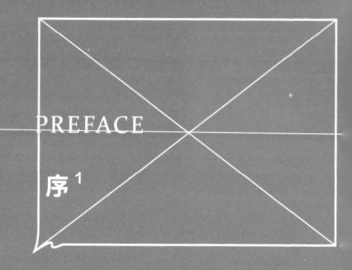

序 [1]

新男友怎样

他母亲去世后对我特别好

耳环真好看 哪儿买的

他送我的

你要文身

对

文在哪里

肚脐以下 文 欢迎光临

你刚在酒吧找什么

塑料瓶之类的

用来装什么

我爸的骨灰

序 2

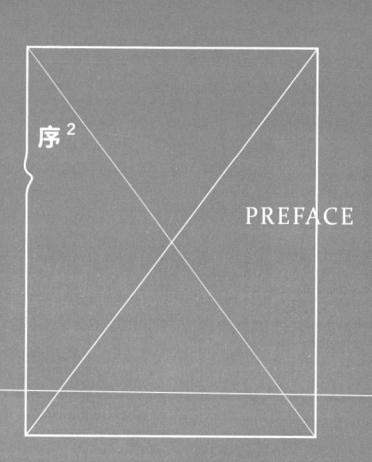

PREFACE

他独自回到家里，这时，智慧的建议已不受外界生活的嘈杂压制，他自语道："今天，在梦境里，我有了三个住处，都感到了同样的乐趣。既然我的灵魂能这样快捷地旅行，为什么还要强迫我的肉体变换地方呢？既然计划本身就是足够的享受，又何必去实现计划呢？"——这是波德莱尔在他书中写的一段话，恰巧也说明了写作在我心中的意义。有时，我的写作，或者说我的意象，与我的真实生活时常是混淆的，相互重叠的，我反而不想去切断这层模糊，人可以通过自身的意识形态，去更优美地抵达你的欲望，而非只有通过实际行动这一种方式。在写作或者想象空间里，我们可以完成，或者说感受到超过我们实际生活可以抵达和成真的一切，甚至还可以超越它，这种抵达是无性别、年龄、贵贱、时间限制的，它是更加饱满和淋漓尽致的，也是秘密的，富有想象力的，它是一小部分人的集体忧郁。

CONTENTS
目录

No.1 怪鸟电台 QUEER BIRD RADIO ¹⁴⁻¹⁵ 虚无 THE VOID ¹⁶ 失眠 INSOMNIA ¹⁸ 蓝 BLUE ²⁰ 特殊癖好 SPECIAL HABIT ²² 购物 SHOPPING ²⁴ 脸红 ZAPPED ²⁶ 骄傲 ARROGANT ²⁸ 心理阴影 THE DARK SIDE OF THE HEART ³⁰ 噪音 NOISE ³² 维度 DIMENSION ³⁴ No.2 白色厕所画廊 WHITE TOILET GALLERY ³⁶⁻³⁷ 羡慕 ENVY ³⁸ 简单 SIMPLE ⁴⁰ 阅读 READING ⁴² No.3 春日照相馆 SPRING PHOTO STUDIO ⁴⁴⁻⁴⁵ 争吵 ARGUING ⁴⁶ 缺陷 NOT PERFECT ⁴⁸ 风景 A VIEW ⁵⁰ 低潮 LOW TIDE ⁵² 孤独 SOLITARY ⁵⁴ 成人 ADULT ⁵⁶ 承担 UNDERTAKE ⁵⁸ 伴侣 COUPLE ⁶⁰ 好奇心 CURIOSITY ⁶² 梦想 DREAM ⁶⁴ 蜕变 CHANGE ⁶⁶ No.4 蜗牛银行 RINCO'S BANK ⁶⁸⁻⁶⁹ 享受 ENJOY ⁷⁰ 旅行 TRAVEL ⁷² 秋天 AUTUMN ⁷⁴ 私人 PRIVATE ⁷⁶ 成长 GROWING ⁷⁸ 机会 CHANCE ⁸⁰ 分寸 SENSE OF PROPRIETY ⁸² 住所 DREAM HOUSE ⁸⁴ 儿戏 PLAYGAME ⁸⁶ 品位 TASTE ⁸⁸ 赚钱 MAKE MONEY ⁹⁰ 了解 UNDERSTAND ⁹² 自卑 INFERIORITY ⁰⁹⁴ 偶遇 RUNNING INTO ⁹⁶ 相克 THE ENEMY ⁹⁸ 纹路 LINES ¹⁰⁰ 观察 WATCHER ¹⁰² 谦虚 MODESTY ¹⁰⁴ 失望 DISAPPOINTED ¹⁰⁶ 城市 CITY ¹⁰⁸ No.5 鲑鱼纪念日 SALMON MEMORIAL DAY ¹¹⁰⁻¹¹¹ 互融 PARTNER ¹¹² 孤岛 ISLET ¹¹⁴ 合拍 NEIGHBORS ¹¹⁶ 乐 HAPPINESS & SORROW ¹¹⁸ 修行 PADIPATA ¹²⁰ 自省 SELF-REFLECTION ¹²² 超我 SUPEREGO ¹²⁴ 安宁 PEACEFUL ¹²⁶ 秘密 SECRET ¹²⁸ 自然 NATURAL WORLD ¹³⁰ No.6 O娘生日派对 THE PARTY OF O ¹³²⁻¹³³ 鲜明 BRIGHT ¹³⁴ 居住 LIVE ¹³⁶ 激烈 INTENSE ¹³⁸ 知性 INTELLECTUAL ¹⁴⁰ 自由 FREEDOM ¹⁴² 流言 GOSSIP ¹⁴⁴ 友谊 FRIENDSHIP ¹⁴⁶ 海绵 SPONGE ¹⁴⁸ 沉沦 SINK INTO ¹⁵⁰ 馈赠 GIFT ¹⁵² No.7 花花公子与粉色发胶 PLAYBOY & PINK HAIRSPRAY ¹⁵⁴⁻¹⁵⁵ 视野 VIEW ¹⁵⁶ 羡慕 ENVY ¹⁵⁸ 暴力 VIOLENCE ¹⁶⁰ 交替 INTERCHANGE ¹⁶² 富足 RICH ¹⁶⁴ 答案 ANSWER ¹⁶⁶ 品格 CHARACTER ¹⁶⁸ 排他性 EXCLUSIVE ¹⁷⁰ 代价 PRICE ¹⁷² 信任 TRUST ¹⁷⁴ No.8 假阳具与毒苹果 DILDO & POISONED APPLE ¹⁷⁶⁻¹⁷⁷ 喜欢 LIKE ¹⁷⁸ 极端 EXTREME ¹⁸⁰ 野心 WILD AMBITION ¹⁸² 意识 CONSCIOUSNESS ¹⁸⁶ 轮回 CYCLE ¹⁸⁸ 评价 COMMENT ¹⁹⁰ 荷尔蒙 HORMONE ¹⁹² 理解 UNDERSTANDING ¹⁹⁴ 痛苦 PAIN ¹⁹⁶ 有度 SPRINGY ¹⁹⁸ No.9 快乐的垃圾坟场 HAPPY ENDING ²⁰⁰⁻²⁰¹ 泪水 TEARS ²⁰² 命运 DESTINY ²⁰⁴ 减法 SUBTRACTION ²⁰⁶ 长短 LONG AND SHORT ²⁰⁸ 圈子 SOCIAL CIRCLE ²¹⁰ 性奋 HE WAS A PERSON OF GROSS SEXUAL APPETITES ²¹² 勇猛 BRAVEHEART ²¹⁴ 睡眠 SLEEP ²¹⁶ 炫耀 SHOW OFF ²¹⁸ 战争 WAR ²²⁰

QUEER

B

RD

RADIO

NO.1
怪鸟电台

虚无

The Void

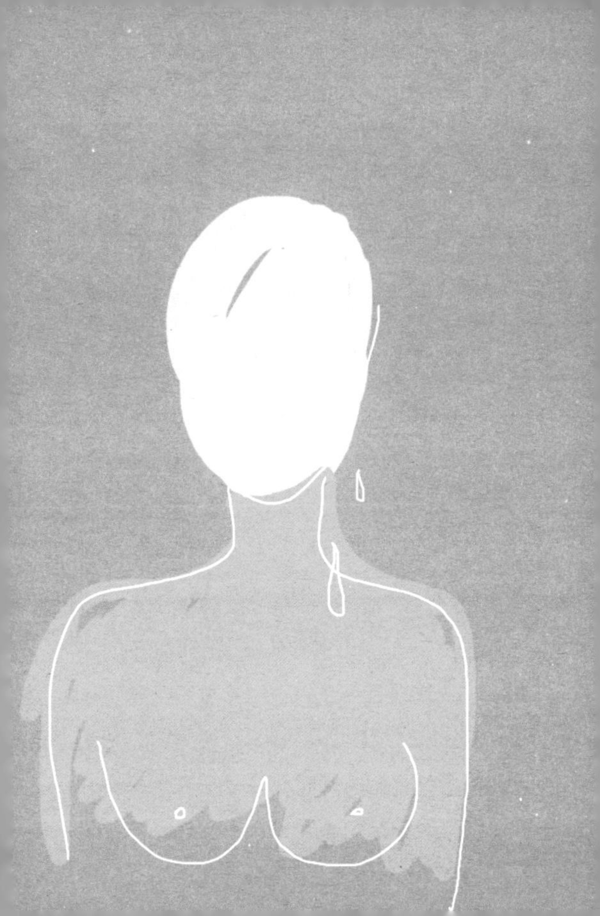

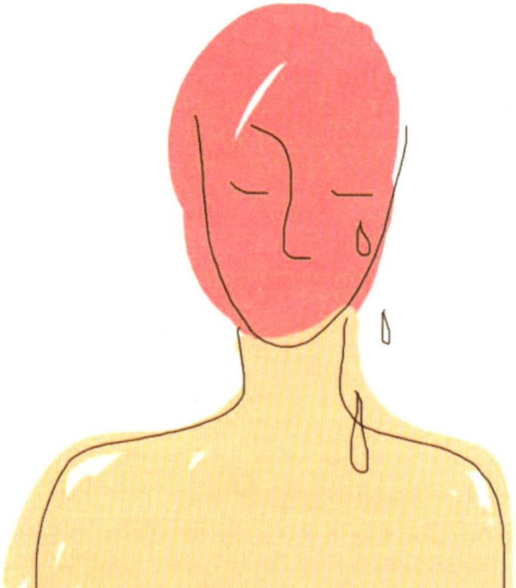

电影里时常出现这样一个镜头，用一个极速片段式镜头，回顾一个人的一生，大概就半分钟吧。有时，我认为人这一生的意义，顶多也就这半分钟，也许更短。

失眠

Insomnia

各种虫儿的声音开始从窗户的缝隙传进屋来,马路上卡车、汽车、出租车飞驰而过的声音,去厨房冰箱取纯净水或可乐,离家不远处歌舞厅里的靡靡之音,晚班的皮鞋,踢踏踢踏声,天花板,一堆冷冰冰的书,一只猫从屋顶掉下。

BLUE

英文是 BLUE，是用靛青染成的颜色，晴天天空的颜色。它总是给人一种明亮的豁达，又带着豁达之后的忧郁。在一部叫作 *Reign Over Me* 的电影中，曾饰演受"9·11"事件影响的查理说道："这世界上最忧郁的歌曲是 Leonard Cohen 的那首 *Suzanne*。"这首歌为整部电影笼罩着一种悲观的基调，直到后来才明亮起来。会令人很 BLUE 的歌曲，有很多，比如 *Hope Sandoval & the Warm Inventions*，*Mazzy Star* 等。它大概是最不招人厌恶的颜色之一，它与生俱来的那股高傲却又纯粹的气质，成为很多艺术家的缪斯及灵感来源。像 David Hockney 的很多绘画作品，以及 Yves Klein 所创造的"克莱因蓝"，甚至那位著名诗人、画家、植物学家和导演的 Derek Jarman 最后一部电影《蓝》(*Blue*)，全片没有任何情节与画面，只有满屏的蓝，与导演的独白，是一位几近死亡的人，最冷眼却忧郁的表述。他说："蓝色是宇宙之爱，人们沐浴其中，它是人间的天堂。"与这部电影同名的，是另一部"收集忧郁"的 Krzysztof Kieslowski 的《蓝》，由 Juliette Binoche 主演，电影开始那个从车里扔出一银色锡箔纸的镜头，很绝望，也很轻盈，就像人的生命，时而轻得像羽毛一样，时而又能沉如磐石。所有奔跑的，狂野的，年轻人的场景，都是伴随着一种简单，忧郁的，这种基调洒在教室走廊的转角处以及属于年轻人自由嬉戏的山坡上，在麦田的彼端，接近天空的颜色。

蓝

特殊癖好

他们会在线上寻找猎物,然后询问对方穿的鞋码,以及是否热爱运动,运动完了袜子扔在哪里,或是放在自己的臭鞋里,对方的每一次"坦白"都是他们高潮的开始。有些不爱年轻的肉体,他们喜欢老年人,觉得那是生感的,具有性吸引力的。有一些会在自己的敏感部分穿环,也许你会问,"这样不会在脱衣服时被扯到吗?"对方的回应是:"多爽呀,我可以随时自主地撑拨我的敏感点。"

Special habit

QUEER BIRD RADIO

购物

人越到后面，越应该买真正心仪的，最好贵一点的，会心疼的，精少的。
不然，那些有的没的平庸之物，也只是为家里添堵的垃圾罢了……

SHOPPING

脸红

可以是遇到自己心仪的对象,也可以是遇到致命的斥责。这里重点说说后者,所谓致命斥责,是对方洋洋洒洒的几笔或一段话,就直接刺中你平日掩藏好的要害。这种情况,你首先做的,是反驳,会找到任何一种可以推翻对方理由的借口来重建自己的自信,可天知道你反抗得越激烈,你就更能发觉自己在那个方面,的确是不足的,有待提高或者完善的,而在同一个地方,被斥责的频率越高,越能确信那方面的确有被腐蚀的倾向。你看看,同是脸红,在人类身上却有如此不一样的体现,一种是温暖的,另一种,却是冰冷的,刻骨的。

QUEER BIRD RADIO

骄傲 *Arrogant*

骄傲是一种自我隔离的态度，它拒绝聆听他人的评价，活在自己筑建的宫殿里。很多人排斥这种特质，我反而歌颂它。它，相对平庸的谦虚，更富有戏剧性，更热烈，单纯，像直面焰火的蝴蝶。

心理阴影

可以是放学回家路上被陌生人袭击，

是一次歌唱比赛的失声。

是晚上睡梦中被外星人惊醒，

被同班同学孤立，

自己在操场角落游离。

是被坏人侵犯，

或者被隔壁的哥哥挑逗，

一群伙伴去到一个陌生地方，

丢下你一个人，

目睹了奇异的犯罪现场，

被亲人拒绝、排斥，

一个人没有钱打车回家。

被问题学生用胶水粘住头发，

第一次穿文胸被全班同学取笑，

一个人被关在家练琴，

隔壁家的伙伴在窗户外讥笑……

它可能是你童年所遭遇的，

也可能是你二十岁以后所遇，

它是一种警告也是你人生转折时期的一个参照物，

它指引你规范自己的言行，

并更快地成长。

噪音

NOISE

如果你是住在闹市区,抑或是你家门口就有一条马路,那么你就对它不无常见了。大卡车,自行车,汽车,甚至推土车的不断交替,它们像野兽一般侵袭着

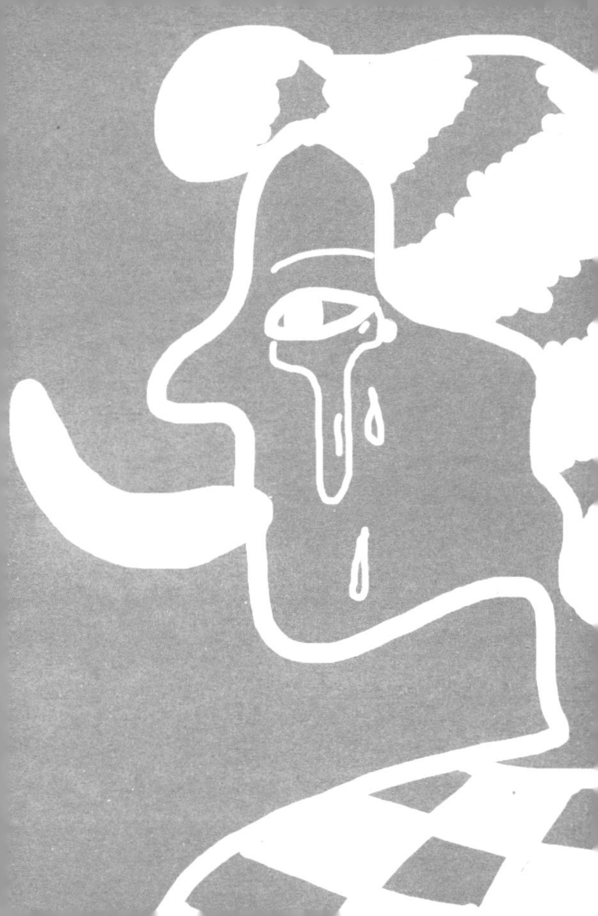

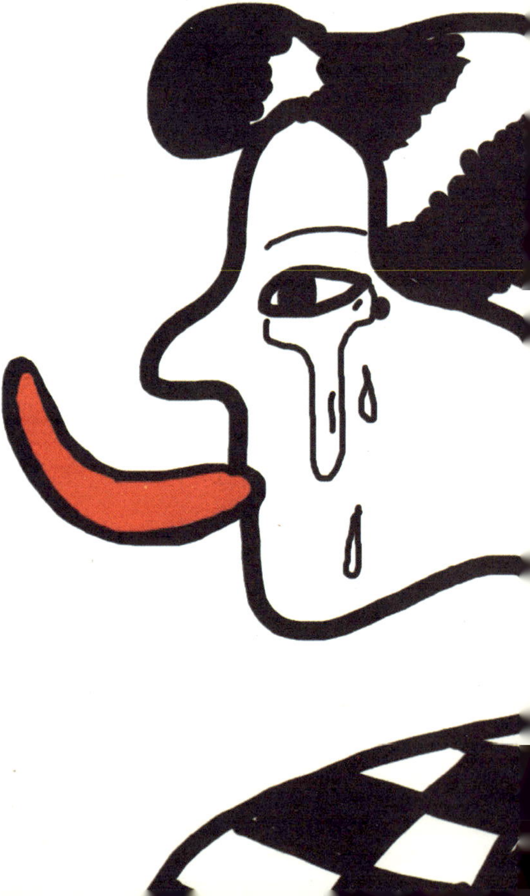

你的耳朵,二楼上的装修声,信号干扰导致电子音频产品发出的刺耳声,地铁里小孩儿的尖叫,隔壁邻居喋喋不休的争吵,你自己永不安静的心。

Dimension

维度

一个人与另一个人的深层关系,不是你有多爱他,而是你能接受他。

这种接受是多维度的,包括他的缺点。

否则你的爱,只是理想中的爱,你想象的爱。

WHITE TOILET GALLERY

NO.2
白色厕所画廊

羡慕

Envy

要让别人羡慕,太容易了,装一下就可以了。但要让自己都羡慕自己,则需要舍去很多东西,拒绝很多东西,懂得很多东西。

SIM

简单

它与复杂,并非绝对的对立。有时,你觉得想要通往简单,而事实却是你掉进了一张由复杂织成的网,怎么也无法挣脱出来,而这张网恰恰写满了欲望、贪婪、诱惑……都是你试图作出抗拒状,却又死死舍不得丢的。简单,就是从心底里不再去想那些问题,让身心处于一种完全放松和无所求的状态。与这个世界打交道的方式也尽可能的清澈与没有负担。你无法真正地挣脱出来,仅代表你依然处在这个游戏规则之中,你不是整盘游戏玩得最投入与尽兴的那位,但你并未真正地做到不妥协,你只是胆小,与不够纯粹,但这并不一定代表着不妥,因为这只是你此时所作的选择,倘若你做到真正的"透彻与纯粹"也不一定等同于幸福,相反,它反而是通向另一个不幸的源头,任何事物,并没有绝对的好坏,只在于处在那个状态的你,所吸收以及释放的过程,时间会在一个更大的维度给予你这个阶段,应有的评断。

阅读,实质是在不用支付机票,以及不用担心对方是否拒绝与你见面的前提下,与世界各地有智慧的人,进行一次或不间断的聊天机会。

阅读　　R　　　e　　　a

这很难得,并不是每个人都有机会与爱因斯坦、叔本华、尼采等进行一次简单的交谈或会面的,而书本给予了读者这样的一次机会。其实，到最后，人与人的关系，是影响与被影响，我不太相信有作者是不被任何先前的作者影响的，这是一种对文化的传承，是人与人之间互相点燃一盏明灯的过程。每日繁忙了一天后，沐浴，换上舒适的衣服，靠在床头翻阅一本能与自己灵魂互通的书籍，所有的纷杂都会不同程度地下滑，身心得以清洁与滋润，这是阅读带给我们的快乐。

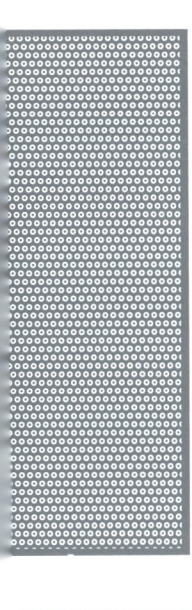

SPRING PHOTO STUDIO

NO.3
春日照相馆

ARGUING

争吵

人与人的矛盾,

大部分是因为不同的价值体系构成,

使我们对同一件事情有完全不一样的理解和感受,

每个人认为重要的东西都是各不相同的。

所以,

如果你无法试着用一种更柔和的方式,

去平衡你和对方的这个矛盾点,

就会产生极具戏剧力以及永无止境的争执。

两个人的相处模式很重要,

有时友情爱情亲情太过混淆与接近都会影响这段关系,

你在不在意对方,

是有一种磁场,

双方都能感应到的。

草木都需定期修剪,

何况人呢。

NOT PERFECT

缺陷

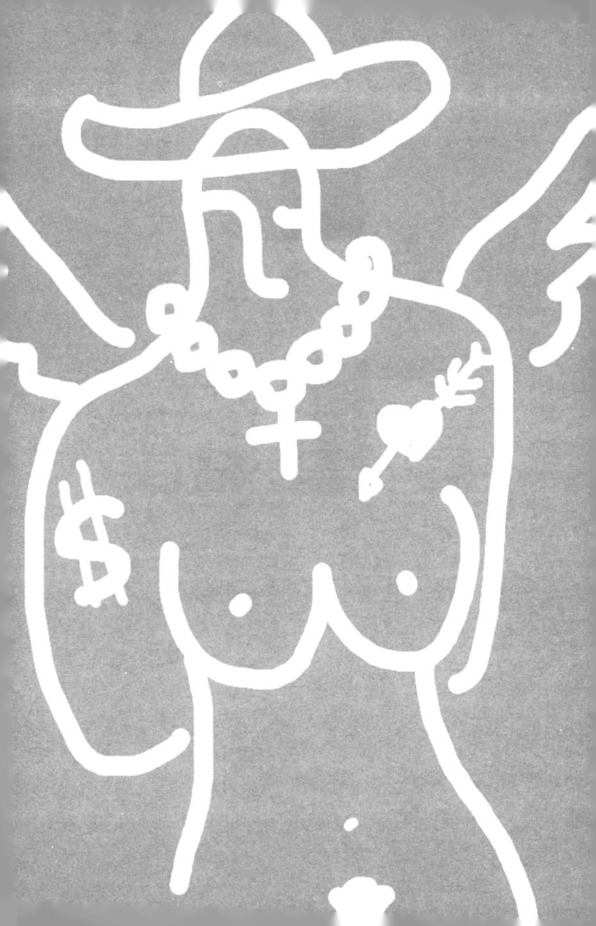

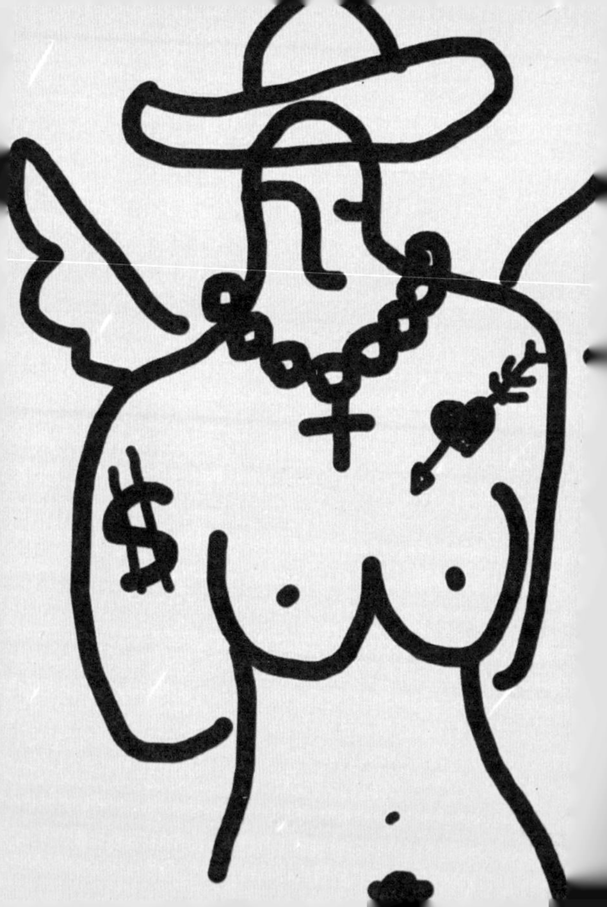

最近在画一组人物肖像，她们都是些在传统审美中，被视为不美，甚至有些丑陋的女孩儿，有的脖子生得过长，有的乳房左右大小不一，有的甚至患有荨麻疹，画这些女孩儿是想还原生活中原本就存在的这些不完美。我们眼中看到的，很有可能是加工或者虚化过的，而真实的生活总是粗糙的，可以观出端倪的，每个人都是有缺陷的，但即便有这些缺陷，还依然活得很好，甚至更好，这才是值得称颂的部分。

A VIEW

风景

除了大自然的那些看得见、摸得着的风景,还有另一种风景,更值得我们去欣赏,比如有趣的人,你将他放置在任何环境、时代里,都是有趣的。因为他会用自己独到的视角去观察这个世界。有趣的人,首先要让自己轻盈、充沛,才有可能让更多的人感染到这种有趣,这在以平庸为主流的世界本来就是珍贵和特殊的。

低潮

人到了某个阶段,就会病一次。这种病是从心灵到身体的,它的出现,并不是完全的消极,它反而是你重新"复活"时的一个对比,就像你未曾品尝过苦涩,也无法尝出甜的层次一样,它们都是你生活的一部分。

Low tide

SOLITARY

它是一道巨大的深紫色的光，投射在每个人的身上，即使所有的聚会、欢愉、热闹，都无法真正地躲避这种情绪，你去到一个完全陌生的领域，肤色、谈吐、指示牌都是陌生的，你需要一个温暖一点的房间，但里面的人却又令你立即感受到冰冷。你所意识到的孤独，也许并不是真正意义上的孤独，而每个人的孤独又是只关乎自己的。有一次我与父亲结伴旅行，我们住的旅馆，是狭小幽闭的，除了床与一盏忽明忽暗的台灯，没有可娱乐的设施，所以他决定提前睡觉。我突然又想起了父亲以前曾当过建筑工人，就是一群男人睡地铺在同一间没有任何娱乐设施的房间，他那时也是很早就上床睡觉了。你可以想象那些夜晚，他面临了多少孤独，而那种孤独也许是他能感觉，但不知如何表达的，而真正能承受强大的孤独与痛苦的人是很难将这份感受说出口的。

孤独

ADULT

成人

有的人终其一生,都在为成为他人心中理想的"我"而活;有的人一直在自私地做"自己",各有各的代价,各有各的不完美。这就是每个人在成年后选择的不同人生路径。

UNDERTAKE

承担

从孩提时代起，我们因各自家庭的文化程度不同，所受教育的方式不同，对待承担的理解也各不相同，有的孩子从小就被父母放任自流，或娇生惯养，并没有教导或灌输他们关于自己所做之事，必须为其负责，并知晓轻重，所以，在这样背景成长起来的人，大多会有回避己责的特质。而另一类人，从第一次因淘气将邻桌孩子玩具弄坏时，父母就将其带到玩具店重新买只新的，让他赔偿给对方，并作出道歉，承担与礼仪都在很大程度与从小到大父母的教育有关，而随着自己年岁的增长，身上经历的人事变迁，一定会在某些特定的关头，做出一些让自己后悔或遗憾的决定，要学会承担自己的莽撞，任何事情都有好有坏，既然你的行为都因你的习性而起，就接受那样的一个残缺却又真实的自己吧。

COUPLE

伴侣

两个人能决定一起结伴去到那或具体或抽象的彼岸,一定是在某些方面达成了完美的共识,这种共识是可以掩盖沿途的争吵、妒忌和猜疑的,他们的步伐与节奏是缓慢而又持久的,是会顾虑到彼此的不安和愁苦的。生命中遇到各种各样的人,他们给你的印象模棱两可,说好不好,说坏不坏,而只有少部分人，是你回想起他，都是良好的印象，这很难得。而这些人在你的生命列车里，上上下下，只有更少数的人，真正能陪你走到最后一站，还不一定会在另一个世界继续并行的。不对路的人，聊上几句，就会发现彼此无法接口，呈现出截然不同的价值观念。所以，这世上能遇到彼此相吸的人，本身就是一种巨大的良缘。无须多言，就已经能渗透到彼此的思想与感觉，这才是我们应该喜出望外的人生伴侣。无论是友情，还是爱情。

好奇心

原本你参加的是一次聊职位变迁的茶话会，

A 突然从职业方向定位转到了 B 的恋爱状况，

又引出了 C 与 B 的暧昧关系，

但想到 B 曾叮嘱不要与外人透露她和 C 的关系，

于是选择向服务生要一杯普洱茶，

以带过之前 B 与 C 的故事，

只是在场的 E 和 F 没有丝毫要放过聆听这个 B 和 C 故事的机会，

于是分别点了伯爵茶和铁观音，

继续展开 B 和 C 的故事，

最后发现 C 也曾邀约 E 看电影，

并且暗示过不要与 A 走太近，

因为 A 时刻准备开除 E、F……

CURIO

SITY

Dream

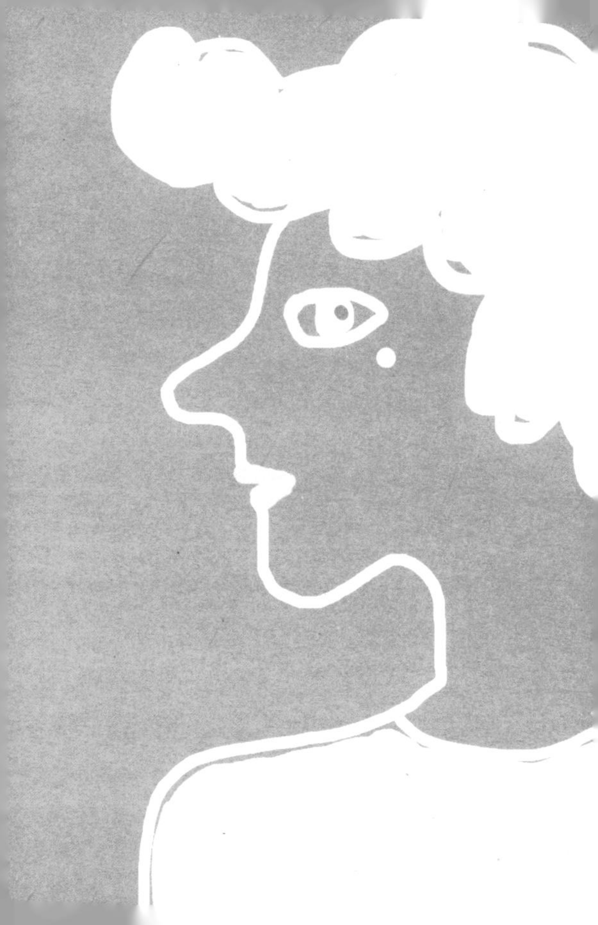

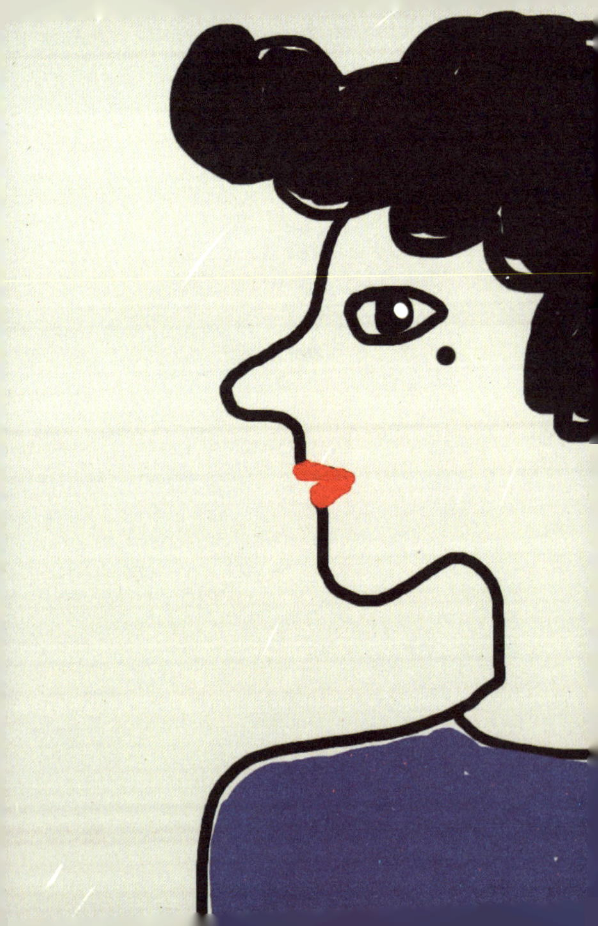

梦想

梦想,需要被大量的实际行动填满,并且支撑起来。就像马戏团的小丑戏服,如果只是将它扁平地,扔在房间某个角落,它是不具备意义的。你必须将其身体力行地撑起,让它发光发亮,才不浪费那份材料。人是会本能地拖延自己的预想,而这大部分又因为懒惰,与对未知的恐惧。由于梦想总是带有某种超出日常力所能及的难度的,它是有目标性和挑战性的,而只有穿越了这份恐惧,真实地踏上追寻它的旅程才会更接近实现并达到它。要将软弱的那个自己打败,并穿越它,是需要非常强大的决心与毅力的,而一旦你突破这重重的障碍,去经历了只属于你的征途,你会得到完全意想不到的加倍回馈的。

蜕变

回顾过往,无论工作或生活,你不与一些人会合,不失去某些机会,不重新与另一群人连接,不对自己所希望生活的版本的坚持,是无法成为现在的你的。你只有经历了这一切,才明白,有些你当时无法接受的挫折,也许正是将你推向另一个别样自己的契机,这些都是非常微妙的。没有什么经历是完全有用,或者无用的。有用的,只是它即时给予了你一个明显的好处,而更多的,是你以为白忙一场,其实整个过程都是可以切片成你做另一件事的素材和起因的。

NO.4
蜗牛银行

ENJOY

享受

清洁阿姨是最享受海景房的。有一次住在海边的房间里,清洁阿姨敲门问我是否需要清洁房间,我说,不用了,她们就去到外面的露台看海上的日出了。这么说来成功人士真的挺辛苦的,每天忙着想如何赚更多的钱,而一年都享受不到几次他们可能已经入了股的海景房。

TRAVEL

旅行

诞生旅行的念头时，应该是你的生活节奏趋于平庸，你试图为其带来一些变化，这种变化可能是一个不一样的起床模式，也许你平日都是被闹钟惊醒，然后去厕所快速洗漱，然后推开门，奔向地铁站，消失在拥挤的人群中。而旅行给了你一个可以在与日常完全不同的氛围中醒来的机会，可能房间外有虫鸣或溪流声，有当地人担着一篮新鲜的蔬菜从你窗前经过，可能浴缸外是一片湛蓝的大海，这些都是会让你的思路得以重新换洗的机会。理想的旅行是不赶路的，缓慢舒畅的，自由的，有关怀与感知的，喜欢旅行的人，或者崇尚旅行的人，他们是为自己的人生披上了一件新鲜的靓衣，他们眼睛所看到的大海、河山，脚下踏过的每一寸土地，都是为这件靓衫添加了无与伦比的色彩。与自己最亲密的人一起去到一些地方旅行，这件事是非常重要的，没有人能保证永远在你身边。而你要做的，便是在最好的时机，与他们这么走一遭，它将成为你今后感动一辈子的回忆。

秋天

AUTUMN

这个季节是一个你在家待不住的季节,外面的空气出奇的好,有阳光,温度适中,有和煦的凉风,穿轻薄的衣服,走在任何地方都是舒心的、轻盈的,这就是我最爱秋天的原因。喜欢早晨胜过深夜,深夜是属于沉思者、悲观主义、派对动物……早晨却更加舒适、简单,属于怕麻烦、简单利索的人。出门旅行,总爱时不时地起个大早,去到陌生城市的街道、公园边、广场、巷口……去感受当地人的别样清晨。路口有热烟冒起的早餐车,有骑着自行车送报的人,有穿着制服的学生,这些都是早晨动人的景致。关心自己的健康,关心每日的饮食,关心读过以及即将要读的书,关心清晨的阳光和空气……你只有去感受到了这些能使你愉悦、丰富的事物,而不是那些灰暗的痛苦的事物,才能使自己处于积极、轻盈的气场里,这是你自己可以去选择与控制的。

私人

P   R   I

有一次，在某个地方喝到了一杯茶，从此记住了那股香气，那种味道，基本上只喝那个牌子的那种茶。这个世界有各种茶，遇到自己喜欢的那种味道，本是难得的缘分，而该茶的好坏，名气，品相，更与他人所描述的无关，只关于你自己对其的感觉。遇人也同样，各色人擦身而过，真正相吸且始终保持联系的，本不多，而其他的那些滑落的人，便是时间帮你一一筛选除去的，不那么重要的，对你意义非凡的人，就算未在身边，精神上也是形影不离的。原本你就只需要大量的自己，和少量的他人。

成长

GROWING

如果你是一棵大树，虫鸟的叮咬，飞沙走石，阳光雨露，都是滋润并陪伴你一起成长的。你要意识到它们是自然的存在，只有你用更广阔的爱去接纳它们，你才能屹立不倒，并且茁壮。

机会的产生,来自你的价值。你的魅力与潜力使外界对你抛出更有利发展的橄榄枝,但它们也会包含着阴谋与陷阱,没有人会有太多闲心去单一地扶持另一个人的成长,尤其是商人,所以,你必须保持警觉,消除一些不必要的贪念,如果你坐在一把舒服的椅子上,对面有一颗苹果,你要非常清楚要不要接受这个诱惑。王尔德曾说:"我唯一不会拒绝的便是恰如其分的一次诱惑。"而这时,高明的人就会清楚我是否真的愿意去接受它,并不会对原本的幸福产生太大损失,当然万事无可预料,祸福也不可早说,所以,重要的是你要为自己的选择负责,机会每天都有,抓住它,并不困难,难的是,就算知道它对我有所好处,也会理性地去思考和观察它的潜力,只有懂得顺应自己的内心拒绝机会的,才是真正配得到机会的。

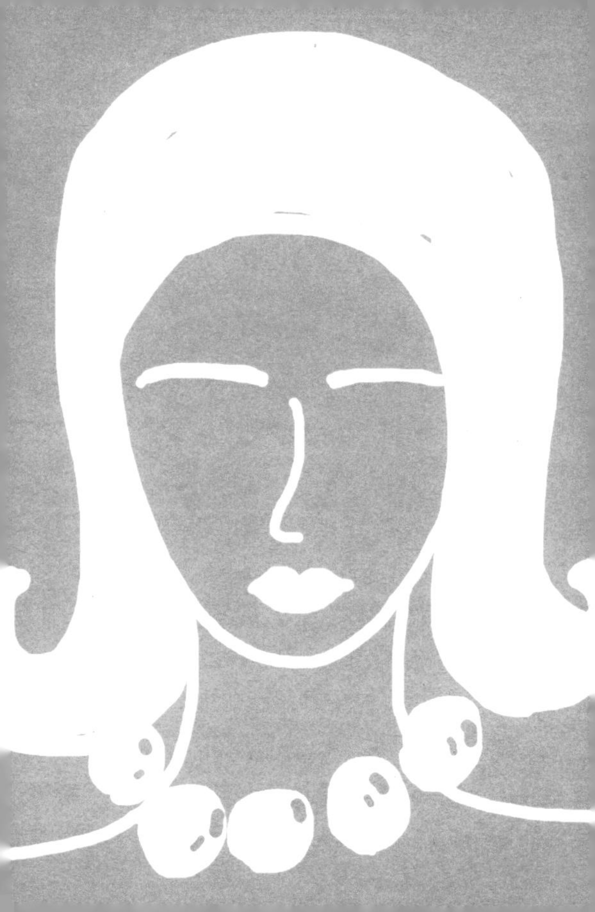

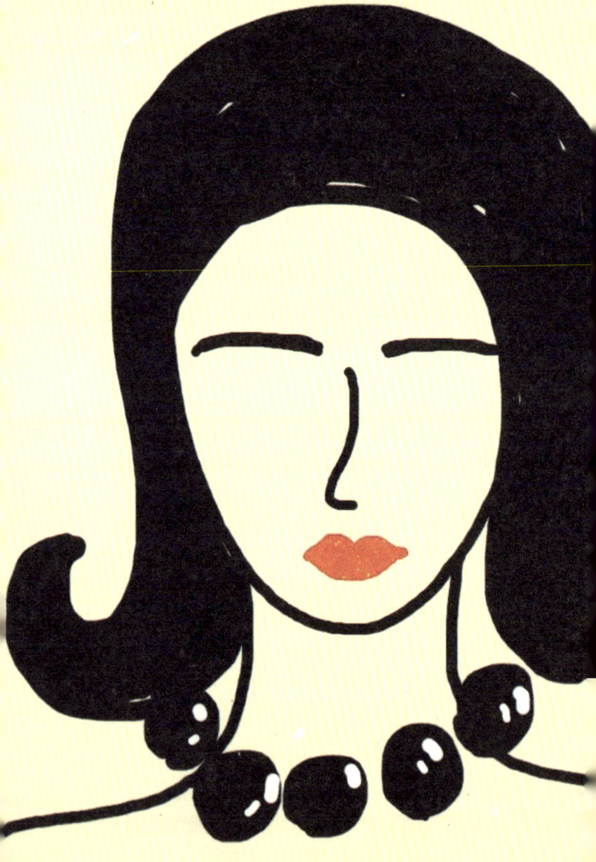

机会

A N C E

SENSE
OF
PROPRIETY

分寸

关于爱的故事,与他人分享,仅限于发泄或者八卦谈资罢了。因为真正的爱的体会只有当事人明白,甚至当事人都不能完全明白,更何况外人只凭听感与想象去想象去判断呢?所以,爱的本质,接近于无声,是你们自己内心的体会以及觉察。人这一生还很漫长,不要用力地去爱一个人,也不要轻易对一个人灰心丧气。他没有那么好,也到底坏不到哪儿去。

住所

DREAM

HOUSE

它必须是干净的,如果只能用一种颜色,那么一定是纯白。它必须是隐私的,不允许外人可以轻易看到你裸体的可能,除非是你愿意展示的。要有私人游泳池,至少附近得有。最好是有小阁楼的,阁楼上有天窗,可以看见星空以及窗外的梧桐树叶。如果有个小院也不错,种植蔬菜与鲜花,或者就是一片干净的草坪。阳台可以直接看到湖,就坐在藤椅上,观察一年四季湖所呈现的不同面貌,已是人间欢喜乐事。

PLAY

儿戏

人最怕的便是,你认真时,我儿戏;你儿戏时,我又当真了。

GAME

品位

Taste

所有他人对你灌输的，高级的，名贵的，大气的，但不符合你品位的，都是平庸和低俗的。所有你觉得眼前一亮的事物，必须是可以戳到你内心某个点的，是无须多言，你也能够感觉到它的每个细节都写着你的名字的，那才是适合你的。无论哪个时代，都是被笼罩在一个大的平庸之下，这才是安全的，而安全也会伴随着无聊，所以，只有勇敢地打破那种无聊的人，才是有态度和自己品位的。

MAKE MONEY

赚钱

欣赏那些看上去轻松赚钱的人,因为总觉得他们更有智慧。你必须要在一些能发挥你优势的地方使力,才能在除此之外的大部分时间显得毫不费力。生活需要巧劲儿,而非一定得大汗淋漓。我们所看到的,所有繁重的劳动者,几乎都是收入最低的,他们的劳动力并没有与他们的实际收入成正比,而那些懂得自己最应该拿出何种"武器"与这个世界对抗的人,总会不那么费力地获得他们理想的财富,这就是智慧在其中产生的效益。他们最幸运的一点,并不是上天赋予了他们那些特殊的才华,而是他们意识并发掘出了自己的那部分才华,并"厚颜无耻"地不断升华它,这是最了不起的部分。而另一部分人,他们比较令人担忧的,是他们与生俱来或者后天不断积累而来的自卑,那是阻挠他们的第一个环节,而另一个重要的部分是,他们找不到自己的闪光点,也就是之前说的,那个与这个世界对抗的"武器",他们是不自觉,浑然不知的,所以,贫穷的人会继续贫穷下去,富有的人也不会轻易停止富有。

UNDERSTAND

了解

永远都不要轻易地以为,自己很了解某个人,这是最自以为是的想法之一,人只能暂时熟悉另一个人的某个阶段,没有陪伴他到生命尽头的,都只是浅知而已。而人与人的相处,以及互相渗透通晓,又是漫长而隐蔽的,是一种因长久的信任而达成的默契。最在乎的人,往往有些话是自己心里想对其说了无数次,却又从未轻易开口的,因为两个彼此珍重的人,无须多言也能感受到彼此的厚重。

inferiority

自卑

所有的疑惑与不安,都来自于内心深处的自卑。所以才会猜疑,担忧那些在你眼里,自己身上缺乏的,而对方却拥有的。但只有当你明白,再完美的人也有所缺憾,但真实的你也许并不完美,然后将那个也许并不完美,呈现于世时,你会发现,那时你是自信,且轻盈的。因为你只是这个世界的补充,而非全部。

RUN

偶遇

ARE YOU OK?

ARE YOU

一个人旅行,趁游客们还在旅馆熟睡时,出门,在清晨的薄雾下,经过不同的巷道,拍空无一人只有阳光与植物产生关系的街道。你越走越高,似乎要到山顶了,你会完全地融入到大自然之中,你在用石头堆砌的眺望台上,俯览整座城市以及小岛。然后,你顺着小道,蜿蜒而下,路边有猫,还不止一只,有一只猫看你走来了,躲进一簇阳光里,好像可以暂时消失一般,于是你继续往下走,当你觉得自己快要迷路,并对自己的固执乱走自责时,你看到前方一扇古朴的雕有花纹的大门,你朝下走去,向右面张望,一片当地人最自然的生活画卷,有在街道旁闲聊的妇女,有穿着古董碎花裙的老奶奶,倚着拐杖,一个人坐在角落张望,更远处的露台上,一位穿白大褂的大伯正在洗脸……旅行中,最值得庆幸的是,当你以为走了太多弯路时,突然从一个道下来,发现另一片天地,当地人最自然的生活状态。不期而遇,往往是绝佳风景。

THE ENEMY

相克

越相近的人，越易产生敌意，因为你们要的东西太像，难免会有所竞争。所以身边能长久温柔相待的，并不一定是你们有共同的目标以及性格真正的相似，而是你们在一起的时候是舒服，而具有默契感的，是毫无目的，像呼吸一样自然的。并且，有各自要完成的互不干涉的梦。

纹路

我们的问题是，越来越不对自己的一言一行，加以控制，总觉得随意抛出的话语，也无伤大雅，也并不觉那些随意散落在民间的话语，最终也许会以你完全预想不到的形式，回馈于你，而那时你无法躲避，因为你没有任何的准备与警惕，你以为它们并不是属于你的，而一个人的成长，是他身上所经历的事情的递增和冲刷，而逐一蜕变和成型的，你所遇到的磨难、无聊、匮乏、幸运，都是你成长的纹路。

lines

观察
Watcher

当你如今再看到曾经羡慕和渴望的某些人和事，会觉得没什么大不了时，证明你已经进步了。但这种不在乎只能存在于心里，自己清楚就好，无须刻意表现出来。因为你怎么知道对方是否也在隐蔽地成长了呢？所以，永远不要轻易评断某个人，那是幼稚和不成熟的表现，你只需要去观察。

它分假装和真实的两种，前者变成了成功学的陈词滥调，如今它越来越倾向于礼貌。后者是一种天性，以及与家教有关。谦虚是一种宽阔的胸怀，是你意识到世界的无尽、宽大，能人志士的无穷，于是，将自己的光芒收敛，也是让对方有更多喘气的机会。这是一种长久的性格磨炼，以及眼界的逐渐放宽。年轻人根本无须特意谦逊，当他看得够多，伤得够多，吃过够多亏时，他自然会收敛自己的言行的。在火一样的年龄，就是要享受那个年纪的狂放与不羁，因为时光会让大多数人的性格越磨越温柔的，直至锐气全部消失。

谦虚

MODESTY

生活的残酷在于，越在乎，越落空。

Disappointed

失望

城市

从一座城市回到自己居住的城市,第一次有了这样的情景:当我连续几夜,躺在床上,双眼闭拢时,脑海却立即浮现那里的一草一木,每个路口转角,港口,闽南语,沙茶……当你年纪越来越大,思想与情绪趋向成熟后,去到一些地方,会更容易进入一种深层的体验与感悟,它们会植入到你的记忆里,并产生与过往截然不同的效应。当我最后一天,坐上轮渡,欲离开那里时,我眺望着对岸的红房子,它们逐渐消失在视野里,与那片蓝色的海洋一起模糊不见,你会发现它像一块洁净的宝石,它是一座不存在的城市。

Salon Memorial

Day

NO.5
鲑鱼纪念日

PARTNER

互融

什么是伴侣,这是一个被延长的问题。是生活在同一个屋檐下,还是两颗星隔着距离也能连接在一起。两个人要选择在一起,本身就有所制约,这种制约是与天性相对立的。每个人身上都有缺点,而与你生活最久,最亲密的,除了家人,就是你的伴侣,他们了解你的所有细微情绪,以及缺点。而其中一方对另一方提出,有些缺点是自己无法忍受时,一定是他真

No. 21

No. 21

的无法忍受了。自己从未直面的问题,说过要改却从未真正改掉过的习惯,它们都会一直在那里发芽、生长,直到某一天,它们大到你不敢直视的时候,你才会发现,并不是每个人都有耐心和有义务去等待你的转变,也许你会说"这就是真实的我呀"。对呀,只是,那就你一个人好了。两个人要在一起,需弱化一些自私的个性。

城市的某片区域，安静，孤独，当你去到那片区域，视野变得开阔，如果是冬季，萧条的白桦树街道，宽敞、无尽头，甚至看不到一位行人，只有偶尔从你身旁擦身而过的自行车，他们可能是放假还没有回家的学生，但那一瞬间的擦身过后，依然是你一个人走在那无尽的道路上。天气渐暗，好像没有黄昏的过渡，一下就到了夜幕降临的时刻。你呼着手中的热气，走在这座空城里。感觉像从平日喧嚣的大都会隔离出来，你必须有这样的一片孤岛，没有溢美之词，没有寒暄与尔虞我诈，只有你与你自己的内心，去想一想，思考、反省这些时间自己所做的，所经历的，以及正在失去的。

islet

孤岛

Neighbo

合拍

与你品性合适与不合适的人,你们面谈十分钟,就已经能作出大致的判断了。最显著的一点便是,你在那个人面前是否足够放松的,是日常的你多一点,还是戴上了一张与往常不太一样的面具。

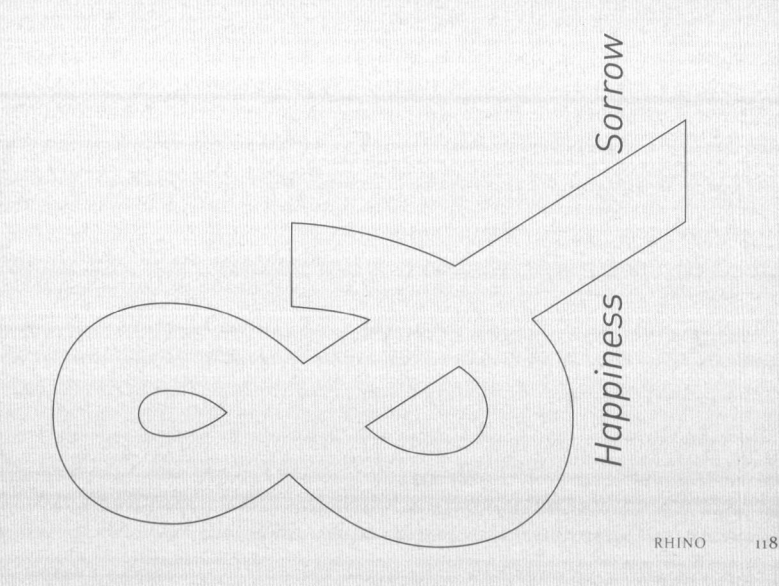

∞ Happiness Sorrow

乐悲

极乐与极悲,都是生活的常见。别人快乐时,你悲伤;你愉悦时,他人也许正在惆怅。只有你处在这不同的人生境遇与阶段时,你的良心与感官才得以打开与丰富。你能够感觉到平日,当你将自己的喜悦宣泄于世时,并不是每个人都同时拥有着这些快乐与幸福,而你沮丧、平衡、无措时,也并不是所有人都有义务去分担和承受你的痛苦。而上天也正是将这些极乐极悲的情绪分散给天下,世人,这个世界才丰富。当然这种分散,是无法做到绝对公平的。因为总会有人在某时多分得一些快乐,而有些人分得的伤苦又多一些。但还有一种可能会打破这种分配,就是世人通过自己的意志转移,而自主地从悲伤的磁场调换到какой快乐、平和的磁场,这便需要更强的心智,才能扭转自己的命运。而我以为有时这样的转换甚至都是不需要的,因为人原本就是在去感受与经历这些情绪、坡度、困境,而不只是处在一种温室平稳中,这是理想的状态,

但生活本不只有理想状态这么简单。

PADIPATA

修行

人只有在经受最深的打击后，才能觉察并认真审视这一路走来，每一处破绽和过失。你所食得的所有恶果，都是日积月累的疏忽所致，你不改变，得过且过也能过，但如果你想重新逆转自己的人生版本，必须从身边的一点一滴做起，生命是一种长久的修行，不单是为自己，或为他人，实质是在为"我们"这个整体。

自省

S   E   L   F   -   R   E

所有事物都有可能在一瞬间,通往截然不同的方向。尽管这种方

向也没有绝对的好与坏,但生命并不是一个验证好坏得失的过

程,而是尊重你此刻内心最想去实现的,并朝着那个方向努力下

去。没有人真正地愿意持久地苦等下去,生活原本就不是一条急

速上升,抑或持续平稳的直线,总有起伏与变换,而在高峰时

痛快地享受,低谷时用心地反省与思考,这样的人生才是有价值、

有温度的,而非冷冰冰的一幅版图。

保留你的天分,因为那是你最得心应手的。克服你的障碍,那是你可以超我的。

superego

超我

安宁

peaceful

安宁,是可以自给的。外界的嘈杂是已经存在的,无法轻易改变的现状,而你自己的频道,是可以去尝试调换和控制的。我们所居住的社区,是近邻公路及商圈的,因为日常的需求,于是,代价是必须得忍受无休止的车辆交响乐,它们充斥在你能感受到的所有时段。爱侣之间需要平静,这种平静是不互相猜疑,感受到对方的诚意与关怀。如果你没有处理好与最亲近人的关系,你也无法更好地展开你的生活,至少大部分时间,你的内心是苦涩和浑浊,抑或是有所牵绊的。没有绝对的自由,也没有完全的安宁。

秘密

要么对自己想做的事绝口不提,

要么把它们心无杂念地公布于世,

只有这样才会是自由和安全的,

最怕的就是想说又不敢说,

说了又遮遮掩掩,

最后那些话成了自己对自己的嘲笑声。

秘密,

是每个人心中最神秘而私人的地段,

这种神秘与他人无关,

只关乎你自己对它的理解与感受,

有些秘密是你认为它不好,

带着负罪感的。

有的秘密只是自己内心的孤岛,

你不想他人涉足,

也许自己也从未真正踏进那块领地。

秘密是迷人的,

它让你觉得自己的某些地方是有重量感,

以及存在感的,

而很多秘密只有在它是秘密时才是最动人的。

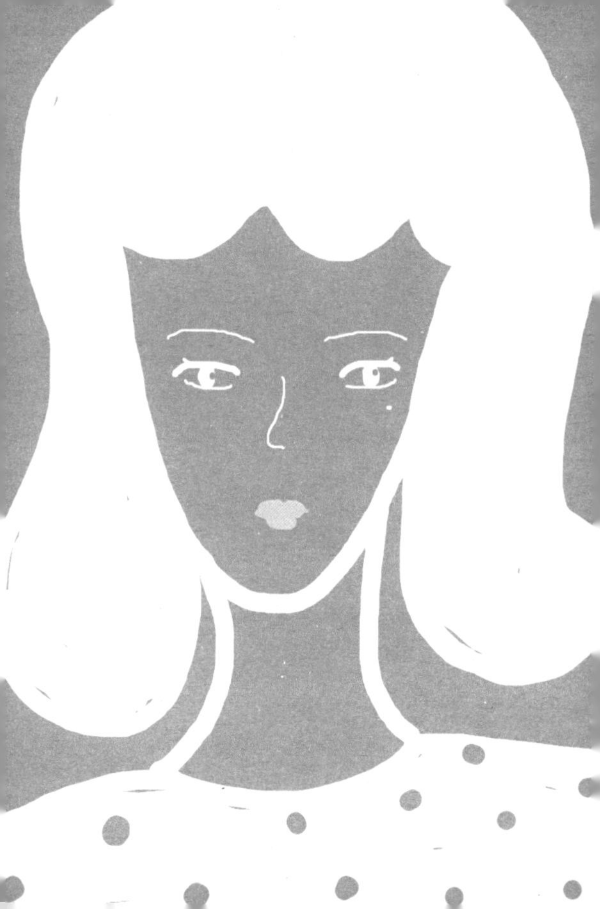

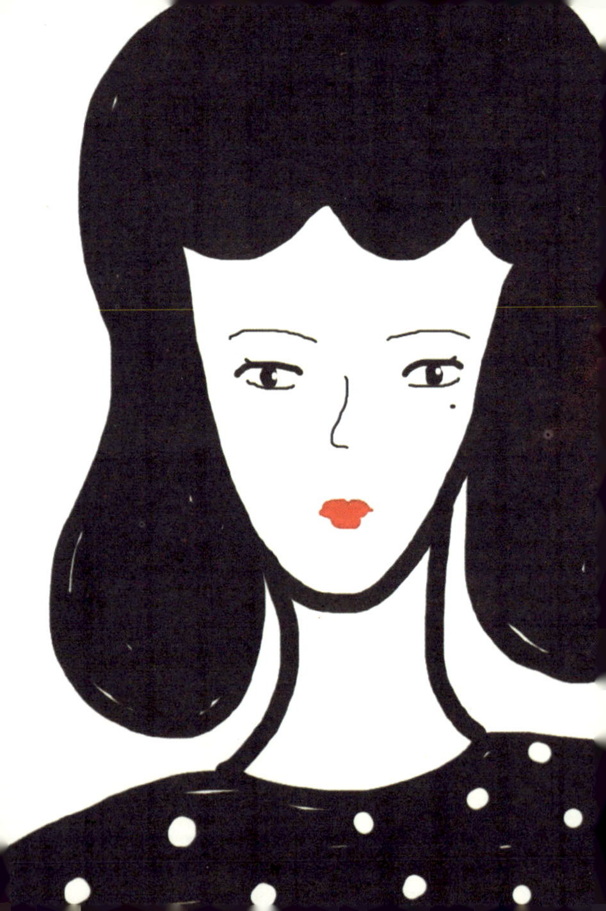

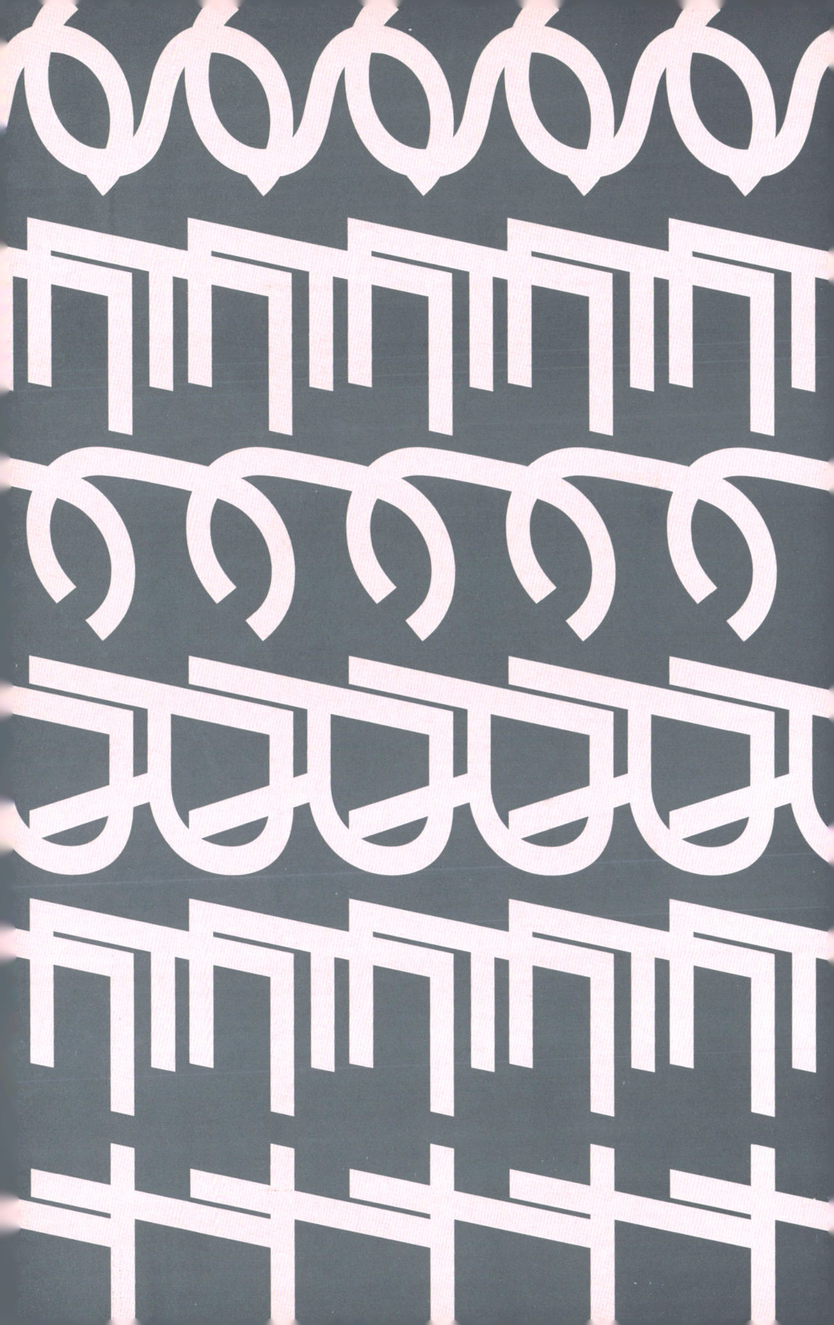

NATURAL WORLD

自然

人生必须要尽可能地自然。你自然了,所有自然的幸运就会眷顾你,急于求成是一种看轻时间与命运的不讨好做法,每个人从出生到死亡,被选择,和选择的生活方式都是不同,和有限的,这样世界才会得以平衡。所以,各自过好就行,因为,快乐与痛苦的剂量,人人几乎是均等的。

THE PARTY OF 0

NO.6
O娘生日派对

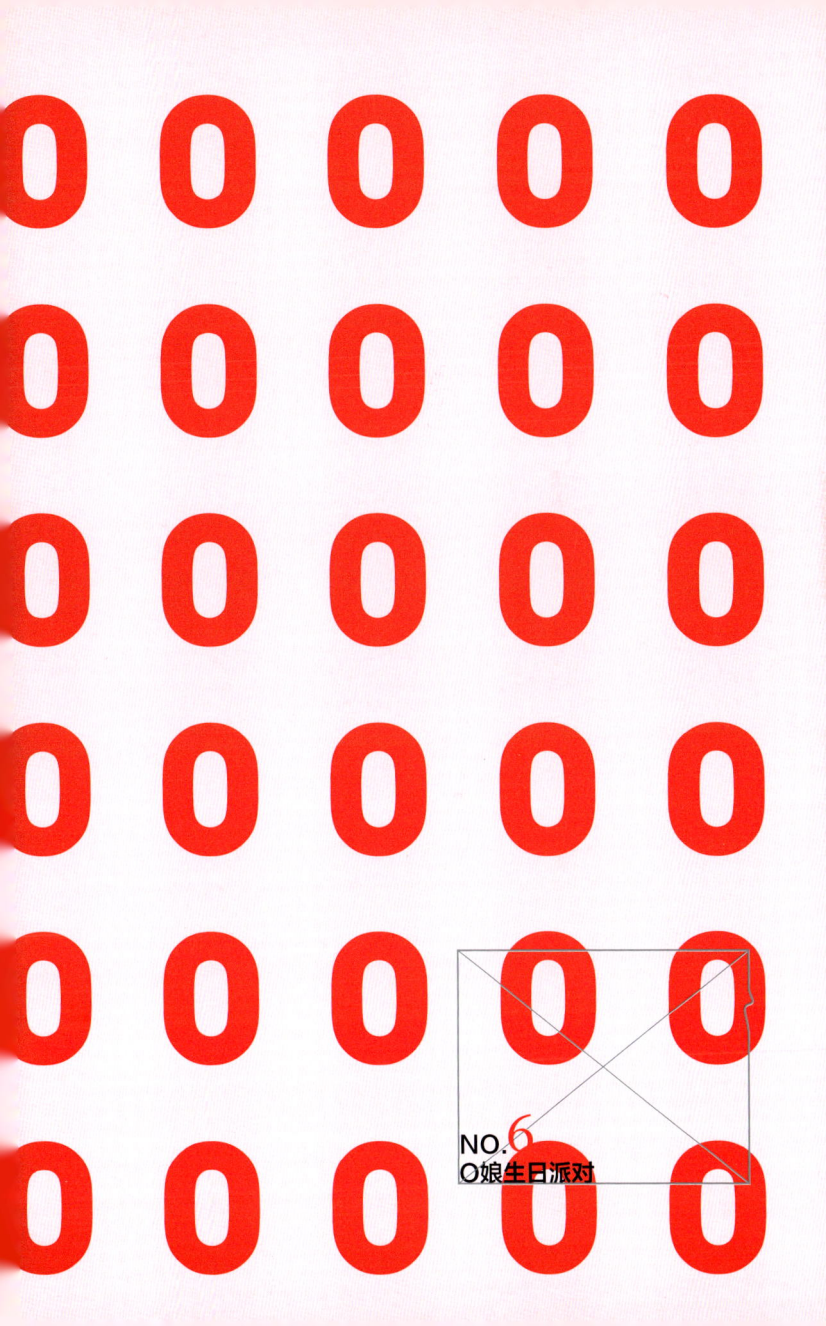

要做一名鲜明的人。鲜明的人，是表达自由、诚实。你会发现，大多数成年人的表达，越来越暧昧，不愿将自己的真实所想说出来。理由是：有礼貌，为对方着想，会做人……而也正因为如此，我们便一直生活在一个烟雾缭绕的世界，那几个鲜明的人，便显得特别出众，因为他们是那少数的，打破平庸之人。

鮮明

Bright

一个能让生活家长住的城市，首先要是能遇见阳光的。也就是说它不能是遥远的南极，一年之中，至少也得有那么些天，可以坐在露台晒太阳。对，说到露台，这很重要，现在城市里的露台咖啡馆越来越少了，我无法想象一堆年轻人能在一片黑压压之中，想出什么振奋人心的创意来。我很庆幸我所居住的社区，还有两间不错的书店，够我逛一辈子了。当然，还得有一两家能作出真正可口的芝士蛋糕的面包屋，这同样重要。当然还得有一群可爱的人。忙碌的，和非忙碌的，各司其职。工人们额头的汗水，与脑力劳动者紧锁的眉头同样迷人。

i　　　　　　　v　　　　　　　e　居住

激烈

所有的激烈都倾向于自我粉碎,激烈的开始与激烈的结束同样荒唐可笑。杰出的人,都是对自身所热爱的事物,激烈投入,而对他人并非过多关注。而庸常的人往往是对自己以及其专业不投入太大激情,反而将最激烈的情绪用于他人,以及外部不相干的事物之上,他们充当的是新闻报刊的角色,而非一名有价值的个人。人的生命有限,

与其让自己的情绪置身于泡沫之中,不如清醒且宽容地看待世间万物,那时候你会发现,更多的是没有所谓的准确答案,以及明确的善与恶,而在于你在这个五彩缤纷的世界里,自己所享受到的,这些都是可以挑选的。

Intellectual

知性

售楼小姐 A，有一张无可挑剔的脸。黑色的蕾丝袜与深蓝色的短裙，让她自信而性感。她披着红外线笔为客户们展示最新的楼盘。不知是光线的原因，还是她皮肤本身就偏黑，她的整张脸脸都是暗调子的，也许是她笑得并不多，抑或是笑得很假。售楼小姐 B，依然是穿的同款收腰短裙，只是她那红润的，依然有点婴儿肥的脸，在我脑海中的印象，永远都是明媚的，而且她似乎多了一些精致无关以外的魅力，或者说气质，大概就是知性。

THE PARTY OF O

Freedom

所谓灵魂的自由,就是你尽可能地不用讨好任何人,除了爱人。所有从口中说出的"对不起"以及"谢谢"都是由衷的,不答应你不想做或不打算做的。

自由

为何要将爱情另当别论？因为爱情太特殊了，它的产生就是在两者之间点燃的火光，而非独自一人。爱又是扭曲的，反本性的，它是需要小心呵护的，生怕两人之间的那盏火光熄灭。于是，你会牺牲自己的一部分自由，去成全爱的自由流动。这是一种更高级的自由，它不存在于你的身体里，而是在恋人上空的，是一种弥漫于空气中的能量。

流言

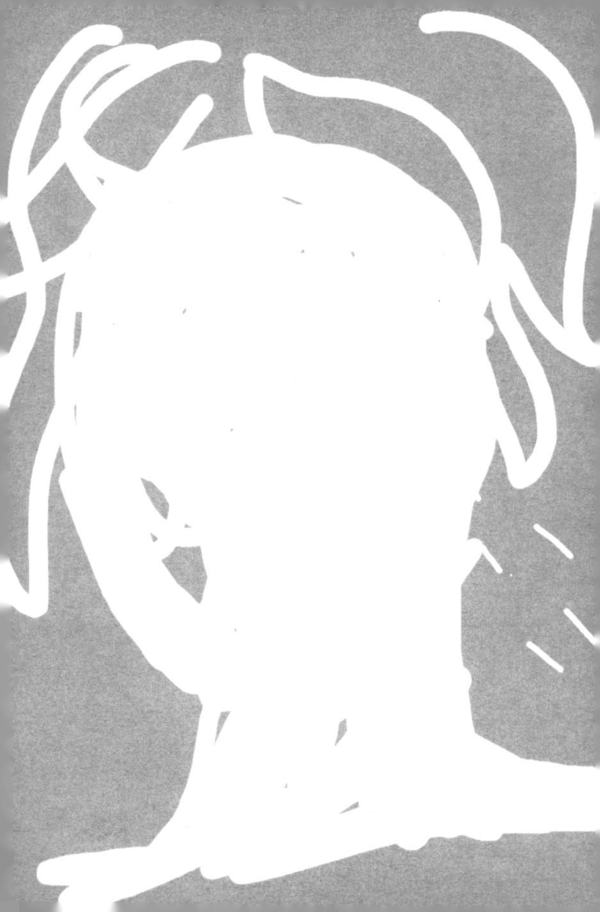

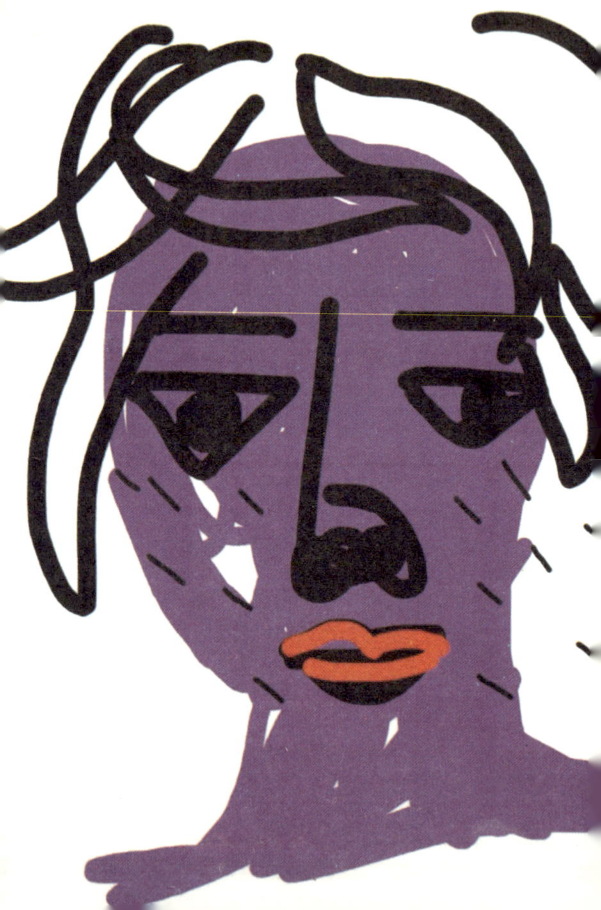

Gossip

每一颗流言的种子，都会在它所飘荡、落下的地方生根发芽。尽管你试图用泥土、装饰物将其掩埋，遮挡，也无法改变它存在于此的事实。而他人对我们可能制造的麻烦，大部分也是从我们自己的口中开始，如果你是一个怕麻烦的人，就要尽可能地不要在任何地方说他人的坏话。因为你以为流通不到的地方，其实都有可能抵达。所以，独善其身，不要抱太多侥幸心理都是值得赞颂的。

友谊

Friendship

人这一生需要两类朋友，一类是喜欢让你去做的，另一类是希望你三思而后行的。前者让你有机会冒险，去发现自己的更多可能性，后者是让你能更安全地生活在这个世界上，是一种隐形保护，两者都重要。

SPONGE

海绵

生活就是，不断将你的最理想目标，投放进现实这个大染缸里，来回浸泡的过程，最终达成的，永远都会打一些折扣。而本来世间都稀少完美的事物，甚至不存在。所以你必须要在整个过程中最大限度地享受和感受，这才是永恒的。每个阶段，你所追求的都不一样，只要它们都是你愿意为之奋斗的。生活就只是你的外套，是你挑选它，并且点燃它，而不是随波逐流，被生活随意点拨。

沉沦

SINK

爱,是你在他人身上的标准以及论调,放在那个你心爱的人身上,便失效了。你变得盲目,而一旦哪天,你,或者说你爱的那个人,不盲目了,变得清醒。那么,也许你们不再犯错了,甚至都不再争吵了,但爱也随之消失了。所以爱是一种复杂而微妙的情感,你无法去印证或捕捉,你只能沉沦。

INTO

馈赠
Gift

他人所送的礼物，接受者都应该是心怀感激的，不用去揣测送礼之人的动机，不去评断礼物的大小、贵贱，欣然接受便好。礼物，一旦强加太多意义或疑问，反而弱化了它本初的单纯与热忱。

NO.7
花花公子与粉色发胶

视野

V I E W

为何要旅行?是让我们最大限度地消除偏见。这样的偏见随手可举,比如,你曾经以为的大海是怎样的呢?很宽广?有多宽广?它是咸的?有多咸?它真的是无边的吗?要在哪里看,才能真正地无边?这些都只有你自己亲身去到它面前,才能更准确地感受到它。而世界上的每个角落,又像是连环画的某个漂亮局部,每一分钟内,都有一个情节热闹地上演着,并且很快消失。而热爱旅行的人,都是这些情节的摄影师,他们害怕错过任何一帧。旅行者打从心底是乐观的,他们觉得这个世界依然是值得观赏的,他们的身体是世界性的,是激情洋溢的。而景物也能感受到这股真诚,它们是一体的。

ENVY

你所羡慕的,只是自身匮乏,而对方正巧拥有那一点点的优越罢了。但对方一定也有另一些你没看见的大面积匮乏,甚至是你所具备而他所没有的。多挖掘下自己,最好有一天开始羡慕自己。每个人都被上天分配在各自的小盒子里,有些盒子大一点,有些狭窄一点,但终究是一个一个的盒子。各自努力、幸福、艰难、疑惑地在那个盒子里扮演着各自的生活角色,仅此而已。

羡慕

暴力

Violence

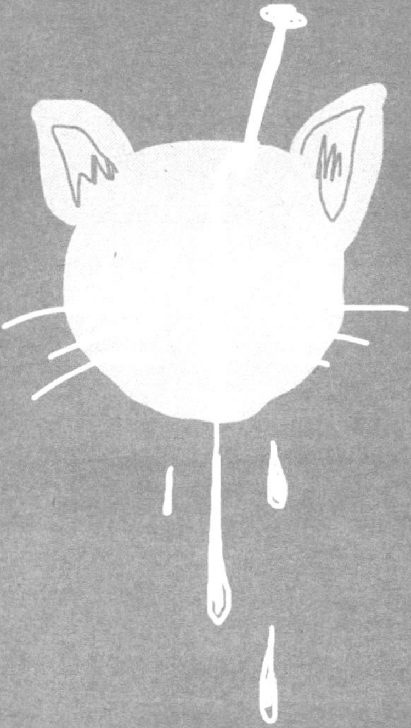

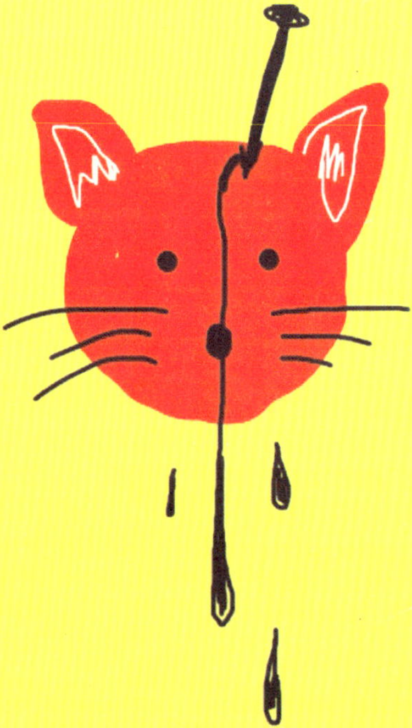

我时常会有不规则的暴力心理暗示。比如，我在大街上走着，脑海中会浮现背后有人用尖刀刺向我背部，然后血浆四起的画面。我也会在咖啡馆写作时，脑中出现行人中有人从外面开枪射击我的画面，子弹可能直接冲破咖啡馆的玻璃窗，直接射中我脑门，经过有卷帘门的地方，也会幻想它直接从头落下来，把我砸成粉碎。类似这样的情境，无时无刻不出现在我所有闲暇时光里，后来我明白，这大概是对我平日百无聊赖的一种补充，因为我的日常生活太安逸了，也显得有些平顺，而正是你的身体趋于一种安全无忧的状态，你的精神便会出现一些打破这种安分的念头，这是一种和谐，不用害怕它，也不要觉得它可耻，它仅仅是一种精神状况，并附属于你。

交替

INTERC

万事万物都是变化为恒的，你能接受草木的枯萎，物品以及身体的变形，却无法接受自己情感以及他人的变化？本来就是偏执的，我们随时都在经历变化，它没有绝对的好坏，只是，经过而已，新旧交替便是人生。

ANGE

富足

Rich

真正的富足，不是财产的单一丰厚。是你对自己所得的，学会满足，内心保持开放和接纳，不主动制造冲突。会对弱者有怜悯之心，不轻易讨好与奉承，对于自己答应坚守的原则，从始至终地履行，并且阳光多于愁苦，不作没必要的嫉妒与贪婪。真正的富足，是内心趋于平和，并感受不到威胁，只有一个人觉得自己有所威胁时，才会生出刺，以防卫自己不受更大的伤害。而将自己的状态调整到只关注善良和美好的事物之上，不自己生刺，也不去记住他人的刺，是一种接近富足安宁的状态。

答案

人的思绪与目标，如果尽可能地整洁，一致，会更加有力和持久。并且只会强化你的美。有些问题，你实在想不过去，又并不快乐时，不如去做一些别的，你擅长或者能带给你美与喜悦的事，也许它们才是你那些问题的答案。

CHARACTER

品格

人生只需要掌控好这三件事,就不会活得太差:一、知道自己所擅长的;二、有希望自己实现的明确目标与梦想;三、相信自己所能抵达的并保留天真。无论你贫穷或者富裕,无论你去到任何地方,经历了多少变迁,但你心底始终保留的那部分质朴与纯真,不灭的好奇心与热情,这些被我看作是一个人的品格。

Exclusive

排他性

他人即地狱,只要他人参与了你的世界,都是会从各个细微部分,展现出你们的不同的。每个人都是大致相同,但绝对各有各的处世方式的,所以要想真正的自我,必然是以远离他人,偏向孤独轨道为代价的,这是自我的代价。

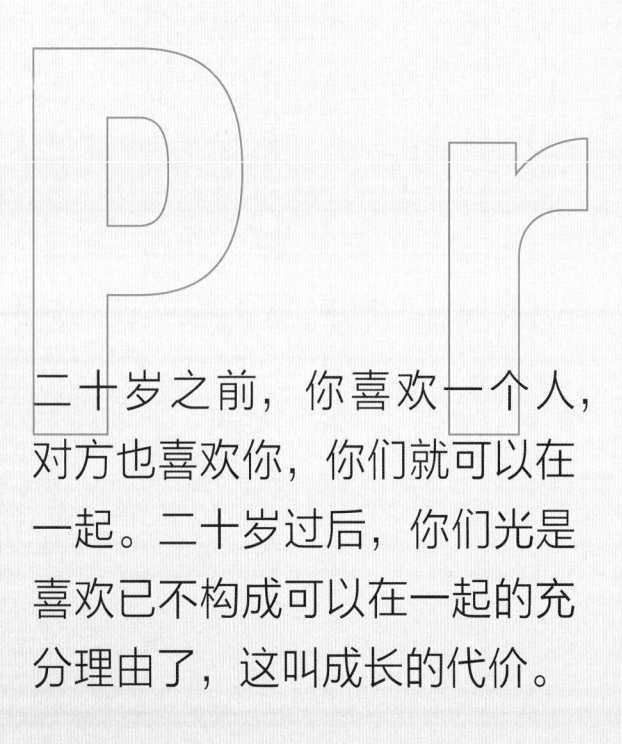

二十岁之前,你喜欢一个人,对方也喜欢你,你们就可以在一起。二十岁过后,你们光是喜欢已不构成可以在一起的充分理由了,这叫成长的代价。

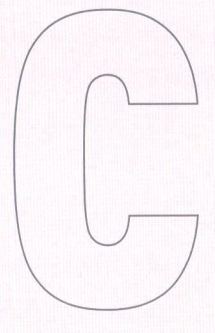

代价

c e

信任

真正喜欢的人或事,是你无论如何都要找到和发现它的,不需要他人的警告或者建议,只是你与它建立起来的那份私有的信任,这种信任不存在绝对的失望或者后悔。

DILDO & POR

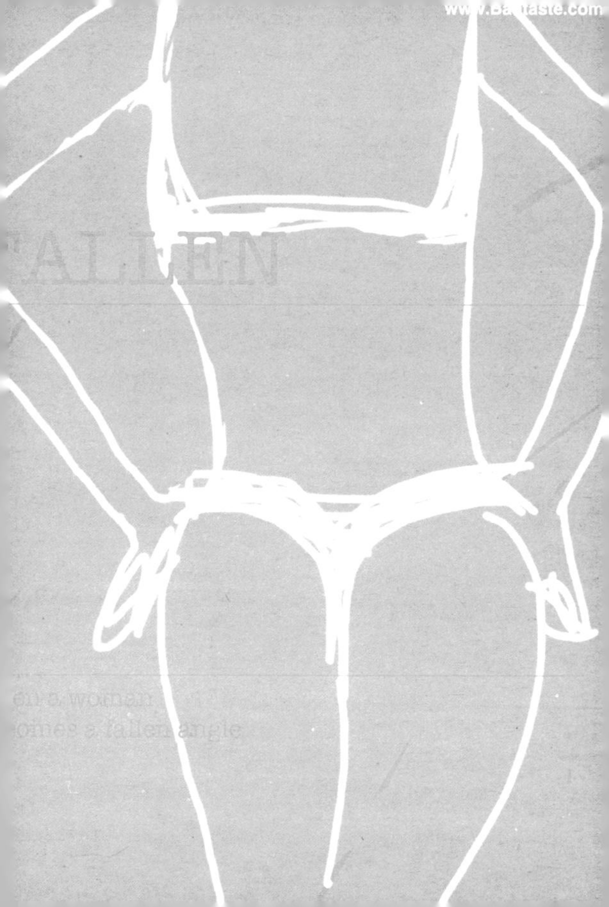

www.BadTaste.com

FALLEN

en a woman
omes a fallen angel

FALLEN

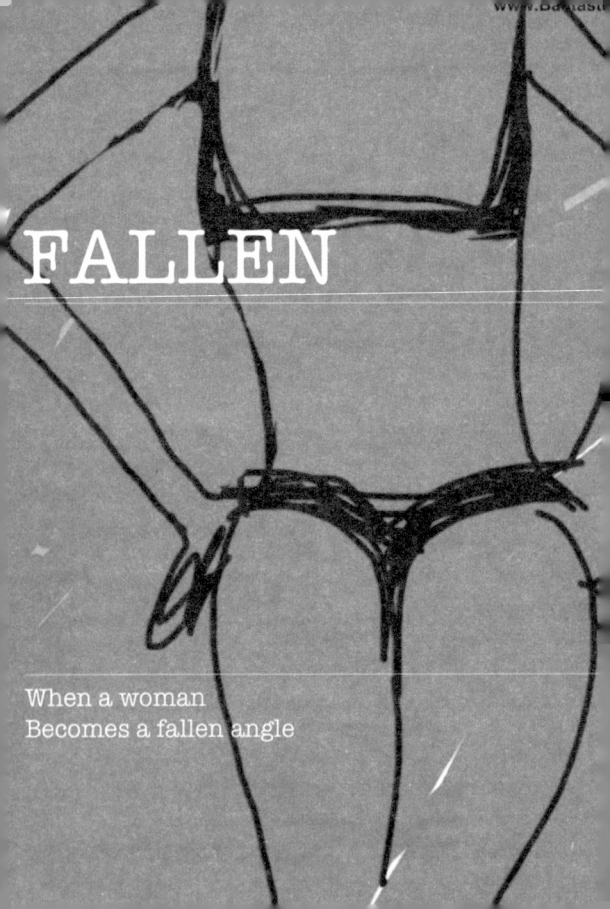

When a woman
Becomes a fallen angle

ONED APPLE

NO. **8**
假阳具与毒苹果

Like

有些你喜欢的东西,真的不用去计较它到底值不值那个钱,"审美"本来就是抽象的东西,无法用一个价标去衡量的,就当是为"喜欢"买单,这就够了。

极端

XTREME

平静的生活，不难得，难得的是能时刻保持这种平静。人，有时面对欲望时，会变得愚蠢，智力像一位不懂事的小孩儿。生命依然是那么的不确定性，今天还紧握在手的，明天就可能消失不见，今天享用的，永远都要比未来任何时段具说服力和真实性。所以，倘若你现在就在灭亡，很难保证你所预料的希望会如约而来。 人生很多时候是一场赌博，你在某些方面赢得的部分，会在另一方面输得与你赢时一样果断和顺理成章。

你在一件事物上,没有太多野心,只是享受它带给你的快乐,是最舒服的状态,你太把它当回事儿了,就拖累你了。

wild ambition

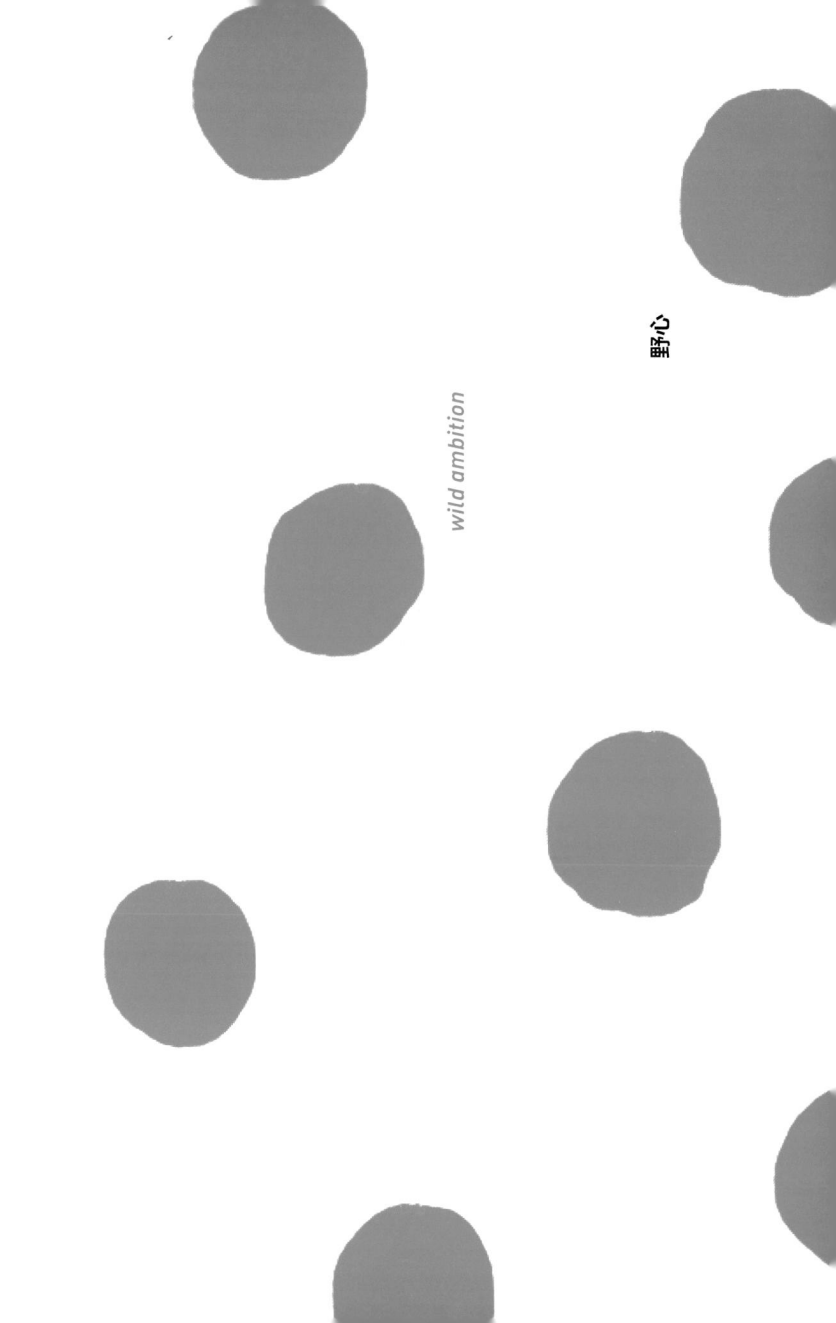

野心

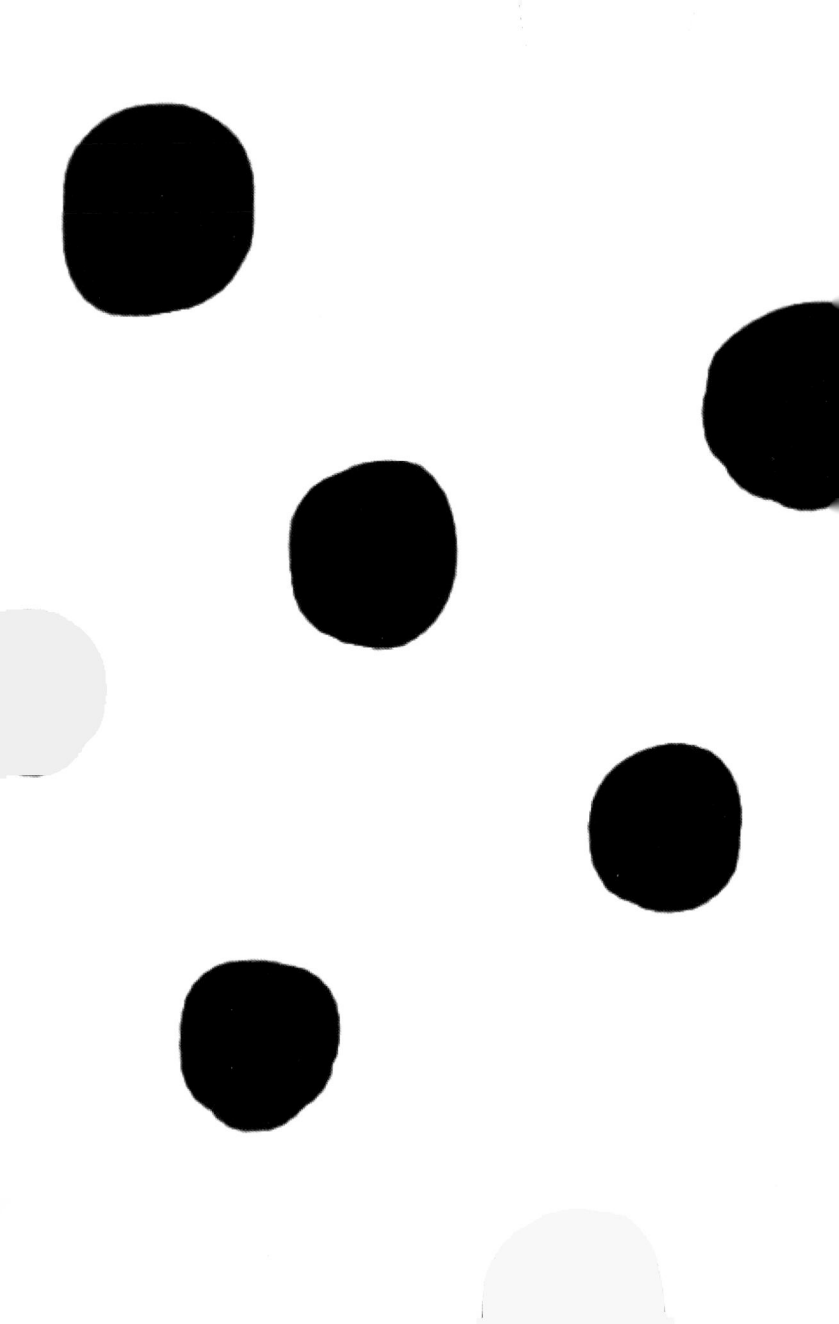

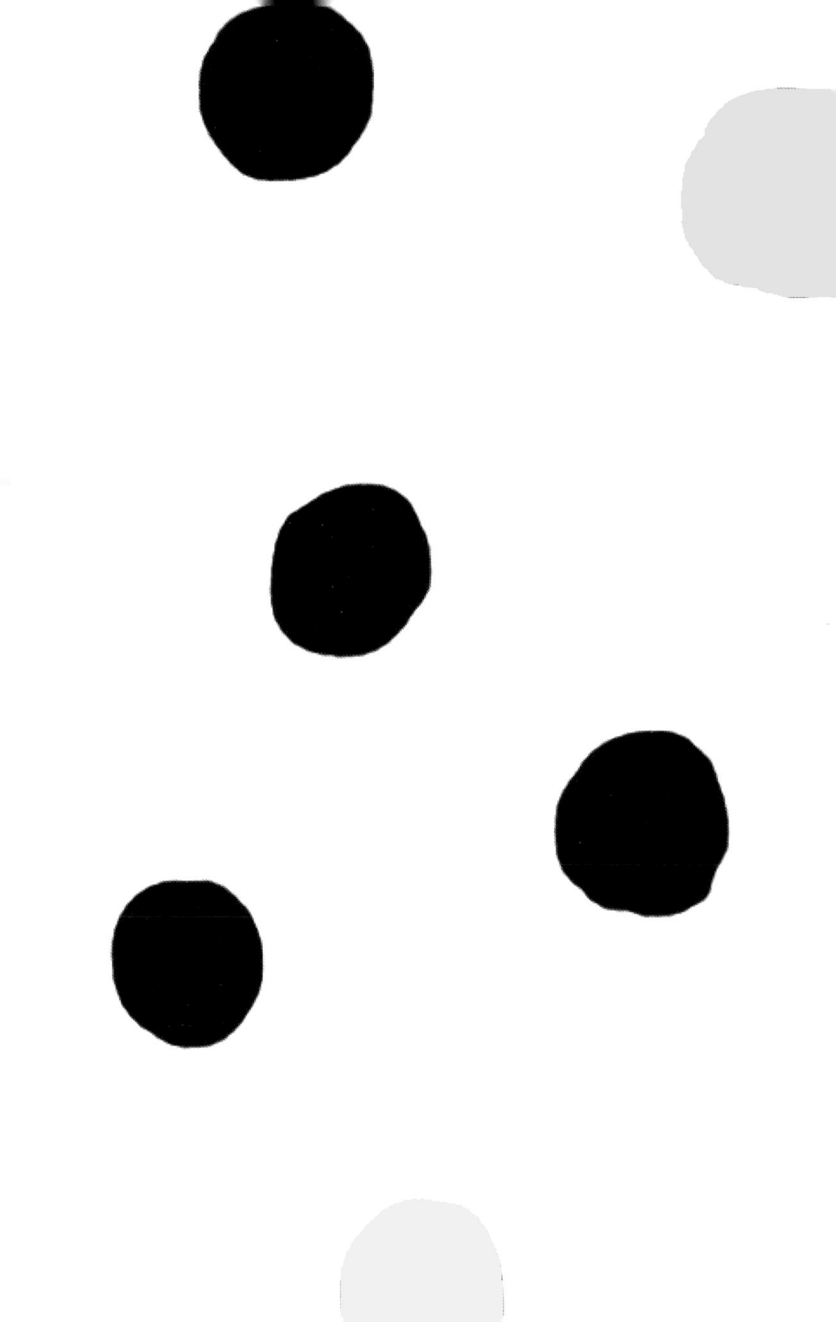

人与人的差别，除了体貌，更明显的是，差于意识之上。你会发现在不同的环境与知识背景成长起来的人，会在同一个问题上产生截然不同的读解，甚至各自都引以为豪地沉浸在自己的知识系统里，但你可以明显感觉到，哪些是狭隘的，而哪些是开阔的，进步的人倾向开阔。

意识

consciousness

人生就是一个大的轮回,所谓幸福、痛苦、遗憾、愤怒,都只是一个片段或者瞬间,"庸常"稍微长一点。但终究是一个大轮回,幸福时抓紧时间幸福,痛苦时就当是为下一次喜悦过渡,人生还是挺长,会换不同的花样让你过。

轮

Cycle

comment

评价

你去评价他人,他人评价你,其实都是非常有限的。因为你是用自己的个人经验去评价和考量对方,而每个人都有各自的人生经验,所以这些评价并不重要和周全。只有接纳与开放,才是人与人比较好自由和平相处的方式。但越亲密的两个人却总会有一方提前站出来说"我太了解你了"。其实不然。

荷尔蒙 hormone

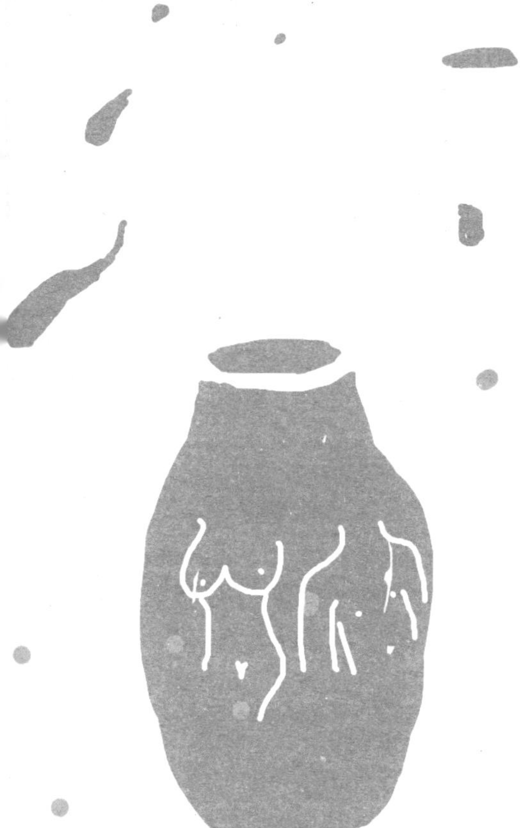

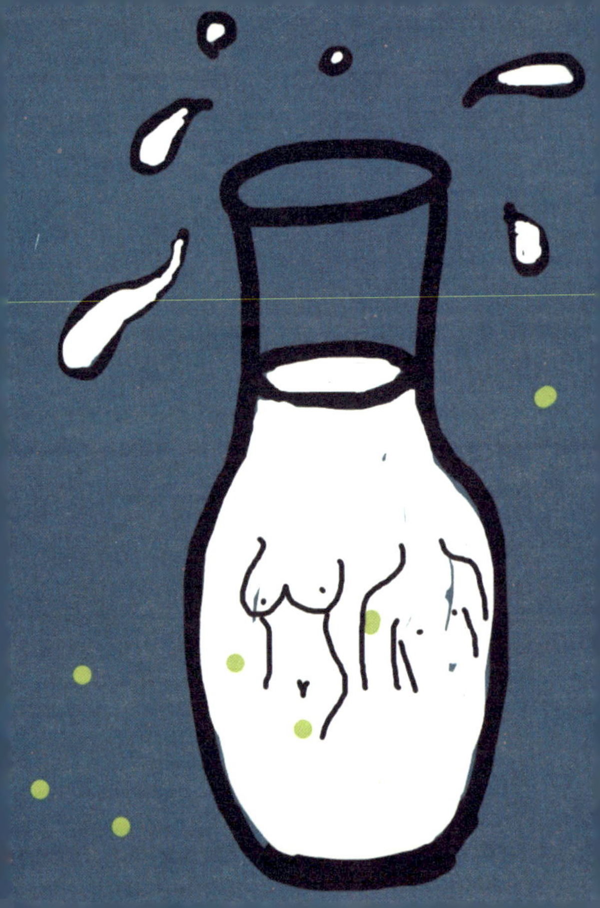

只是外在的吸引,太容易了,那是最简单的荷尔蒙配对,但人毕竟是高等动物,能长久地相吸的,是对彼此的那个"另外世界"的探索与兴趣,是一种精神上的重叠与互动。皮毛的人终将迷恋于皮毛,找寻内在关系的,也始终是更看重另一个层面。

从来不是最了解你的人，就能理解你，理解是需要距离的。往往他对你模模糊糊，才能更加理解你所要做的，和想做的，而不会因过度了解后，不自觉地将自己的所想融入你的所想中，这样便会产生太多的自以为是的错位理解。正因为如此，在漫漫人生中，能遇到了解你并且理解你的人才可贵。但我们依然不能对他人太过苛求，因为人是需要被感动的。

under

理解

t   a   n   d   i   n   g

DILDO & POISONED APPLE

pain

你去看新闻,会发现这个世界上,有太多人在你埋怨生活的无聊与不恭时,身心都正在吃力地生存于这个世界上。所有能叫出来的苦,都顶多是在展露你的无聊罢了,还谈不上痛苦。

痛苦

另外,你此刻意识到的损失或者说痛苦,只是生命中一个微不足道的暂时片段。总会有一些决定,在时间长河里被逐一证明是失误的,但倘若没有这些所谓的"失误"你也无法走到你认为对的位置,而生活就是忽对忽错,有得有失地进行着。

有度

springy

后来你会发现，人最强的一个能力，是忍耐。并将视线转向好的部分，让自己的情绪始终不轻易被外界影响。这是一个喧闹和多刺的世界，如果你自己不学会柔软，早晚会头破血流。但当你觉得自己的生活轨迹发生偏移，并且朝着你不喜欢的方向时，你必须做出控制，哪怕会有些许损失，不然你会发生更严重的灾难。

HAPPY ENDING

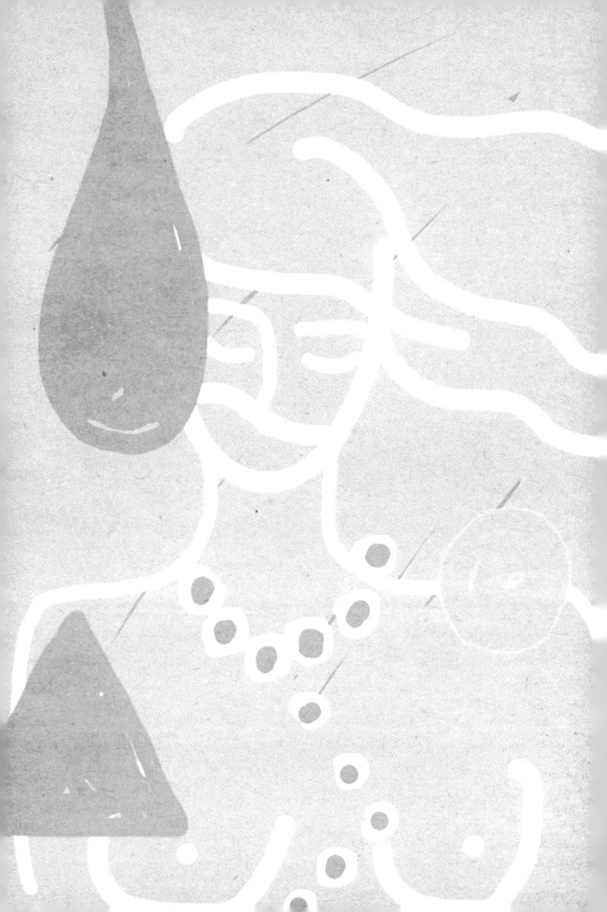

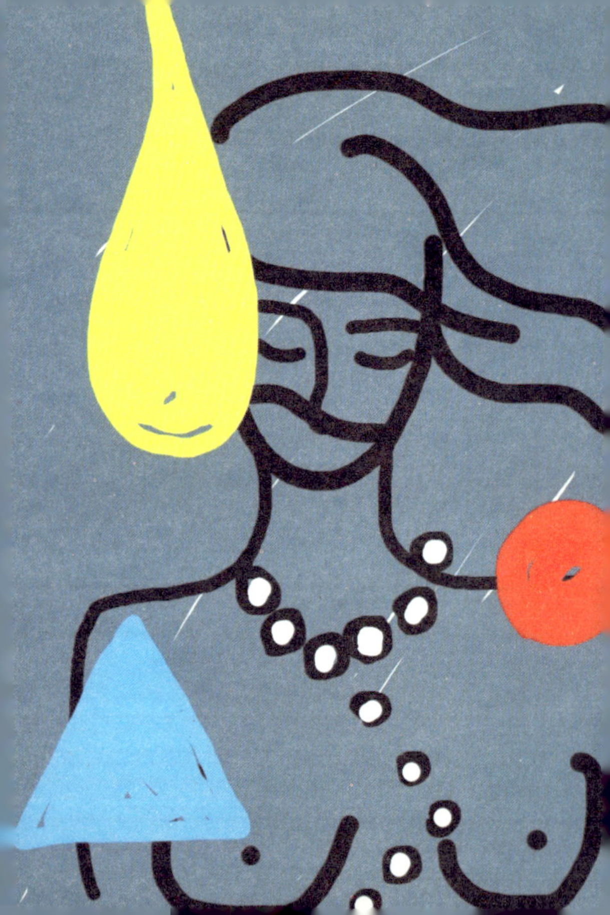

NO. 9
快乐的垃圾坟场

泪水

Tears

远观,永远没有真实体会有力。当你经历了与他人同样的经历之后,你看到那个人流泪,你心底清楚他的眼泪为何而流,他的委屈,以及脆弱。你会发自内心地跟着流泪,因为你知道这沿路的全貌,你知道对方的付出与自我质疑以及承受的痛苦,正如你自己所承受的一样。

HAPPY ENDING

Destiny **命运**

我们终归是被强大的命运控制着的。有时你觉得挣脱了,只是自以为是的小聪明罢了。你所谓逃开了,其实只是通往另一个牢笼。每个人都在喜怒哀乐的游戏中,无法挣脱,直到死亡尽头。

减法

subtra

看到他人所有的某样事物，自己也跟着想拥有，这是一种长久的追逐。久而久之，习以为常，就会模糊到底哪些是自己真正所需，以及够用的，而哪些只是虚荣以及喜新厌旧作罢。人必须时不时地停下来，去清理自己身上那些不必要的欲望，更健康、有力地去度过属于自己的简单日子。

长短

人这一生中,爱过别人,
也被别人爱过,
便已经完成使命了。
至于,
要爱多久,
或者是否能一直爱,
并不是你我能够真正决定的事。

圈子

social circle

Woody Allen 曾说过一句话,"我永远不会加入任何会允许我这样的人加入的俱乐部"。所谓圈子,所谓粗劣的圈子,便是一群自以为是的人,围在一起,标榜自己是某一种阶层或者意识形态,而藐视或排挤该圈子之外的"游客们"。类似这样的圈子遍及世界各个角落。而 Woody Allen 所信仰的,是一种独立的,不受限制,并且更高明的生存状态,这不是几张 VIP 卡就可以达到的,是一种精神上的艺术或者理念共鸣,是不需要等级化或者乔装打扮的,是你意识达到了,就可以免费入场的精神盛宴。

性奋

电影《撞车》中,有这么一群人,他们相约将车开到某个废弃的垃圾场边,并依靠猛烈的撞击,令对方以及自己性奋,这种具有工业感的情欲表现,也表达出了城市化的空虚,以及一群人非常规的特殊情感需要。类似这样的癖好,太多、太多,分布在世界的各个角落。另外,"男人是一直都会有性欲的",我认为也是真的。

He was a person of gross sexual appetites

勇猛

"真正的勇猛,是不战斗",至少也是尽量不参与对战的,一个再有胜算的人,都是虚弱的,因为他竖起的每根毛等待宣战的汗毛,都是伴随着些许恐惧的,只有疯子才可以狂妄到百分百地不惧敌。而一个平静的人,是最少假想敌的,他已经将最重要的一头野兽驯服了,就是那个试图极力证明自己是对的"我"。

Braveheart

HAPPY ENDING

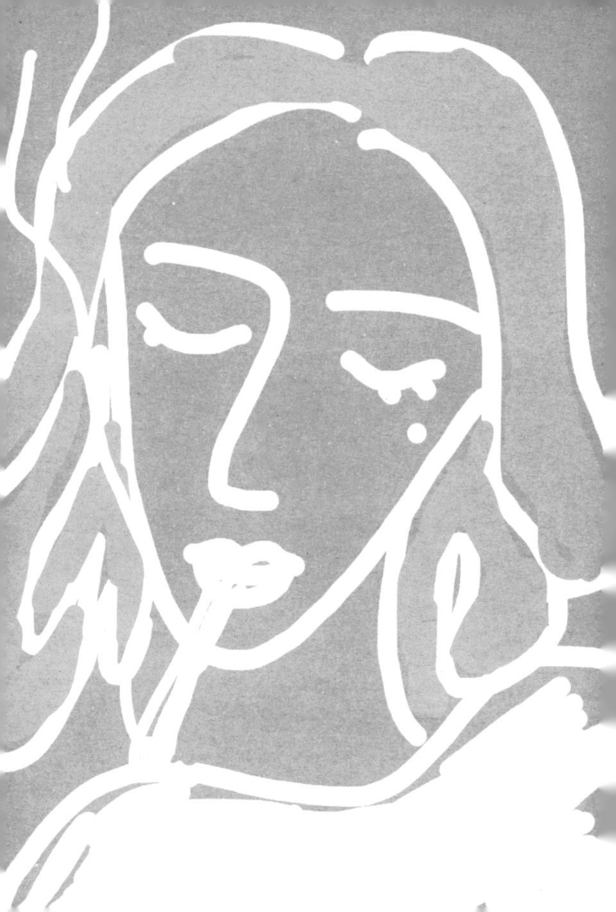

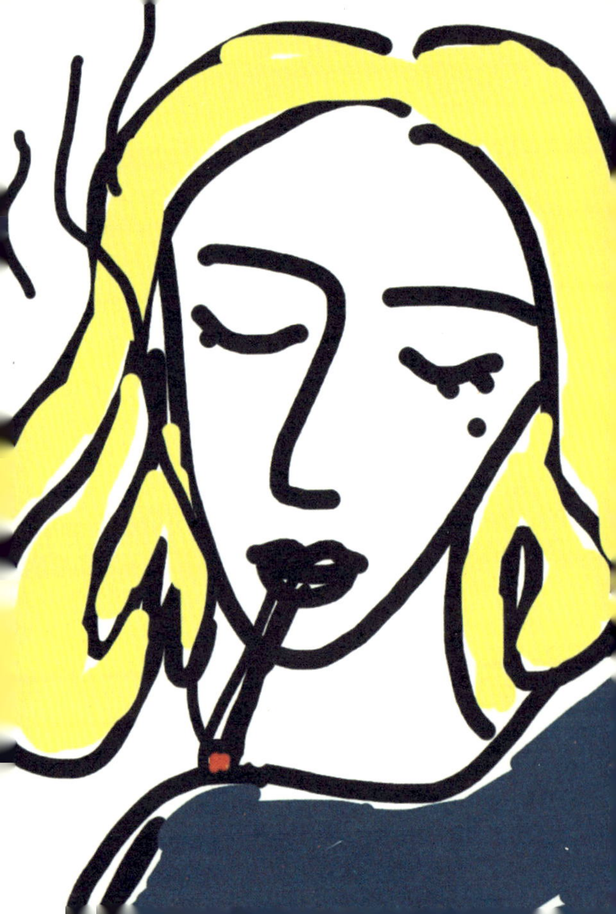

睡眠 *SLEEP*

睡眠,就像一种非常奏效,但大家都不屑于服用的良药。所有的无聊、匮乏、纠结,都可以将其丢入睡梦中,第二天醒来,会帮你清洗掉很多坏情绪,迎接一个崭新一些的自己和另一天。

炫耀

炫耀，本身就是一种虚弱，一种匮乏，是对自己所拥有的某些事物，不够充分的自信，以及足够地了解与掌握，继而需要他人给予预计好的艳羡或者赞美。所以，从这个角度上说，炫耀，是孤独的。

show off

战争

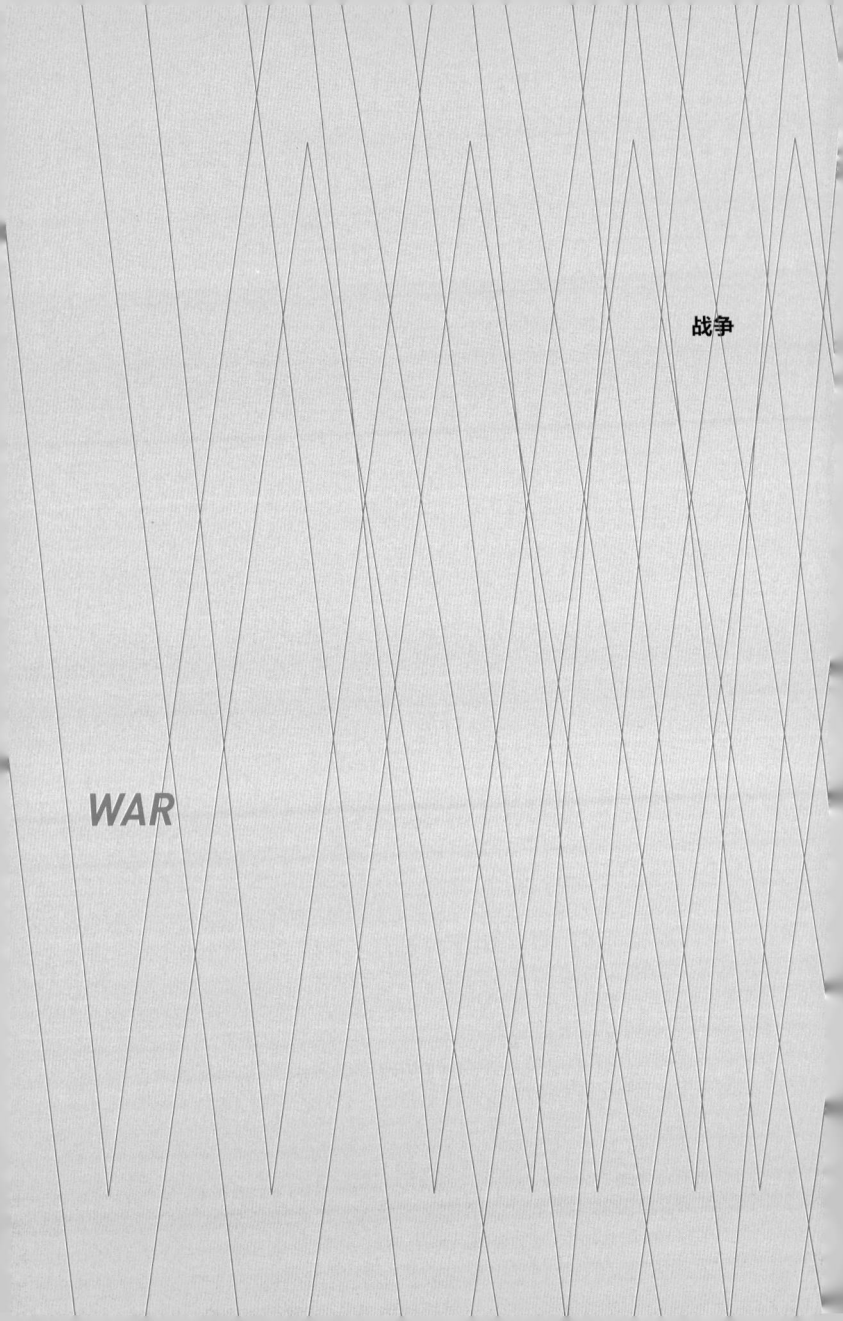

WAR

感情一旦破裂,就是你们两个都在这场游戏中失败了,并不存在谁错谁对,终究是,一个不能忍了,一个不愿改。很多关系的决裂,都是因为两者的关系不对称了,就是你们好像处于恋爱的关系之中,但对方感觉不到你的爱,你们只是在用各自的方式,生活在一个爱的躯壳之中。爱是要时刻"关注"对方,而不是以你的感觉,自以为是地爱。

影响坏品位的清单
The List Of Bad Taste

福楼拜

安迪·沃霍

独立色情漫画

弗里达

阿莫多瓦

尼采

物质生活

松浦弥太郎

现代诗

木心

印度音乐

北野武

伍迪·艾伦

巴黎的忧郁

毕加索

爵士乐

阿兰·罗伯-格里耶

杜拉斯

法国电影

居酒屋

孤独

渡边淳一

王尔德

秋天

丹·吉布森

瑜伽

阿兰·德波顿

马赛尔·普鲁斯特

希腊

有时保留初心,甚至是一些笨拙与不完美,反而是一种独一无二的力量。

@飞机的坏品位

原名杨昌溢　作家　自由画者

著有《香蕉哲学》《薄荷日记》《樱桃之书》等，作品累计销量百万册。擅用独特态度陈述和充满诗性的影像折射出当代年轻人的反思与共鸣。作品常以短文搭配诗歌及个人绘画作品的形式，对当代人身份的焦虑、人际关系、情欲、理想、孤独等话题进行了独特而深入的探讨。

坏品位书系全套七本

现已出版

《香蕉哲学》
《薄荷日记》
《樱桃之书》
《硬糖手册》
《犀牛字典》

即将出版

电影随笔 / 短篇小说 / 诗集

特别鸣谢

感谢为这本书付出了爱与营养以及帮助的所有人

他们包括我的编辑　设计师　以及出版社的同事们

我也要特别感谢美院的图书馆

感谢那些孤独却又属于我自己的夜晚

图书在版编目（CIP）数据

犀牛字典 / 杨昌溢著. -- 重庆：重庆出版社,2015.5
ISBN 978-7-229-09876-6

Ⅰ.①犀… Ⅱ.①杨… Ⅲ.①随笔－作品集－中国－当代 Ⅳ.①I267.1

中国版本图书馆CIP数据核字(2015)第092797号

犀牛字典
XINIU ZIDIAN

杨昌溢 著

出 版 人：罗小卫
策　　划：郭 宜　杨 帆　周 瑜
责任编辑：杨 帆　周 瑜
责任校对：杨 媚
英文校正：董雪娇
书本设计：胡靳一

重庆出版集团 出版
重庆出版社

重庆至乐文化传播有限公司 出品
重庆市南岸区南滨路162号1幢　邮政编码：400061　http://www.cqph.com
重庆市金雅迪彩色印刷有限公司印制
重庆出版集团图书发行有限公司发行
E-MAIL:fxchu@cqph.com　邮购电话：023-61520646

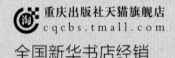

重庆出版社天猫旗舰店
cqcbs.tmall.com

全国新华书店经销

开本：740mm×1030mm　1/32　印张：7.25
2015年6月第1版　2015年6月第1次印刷
印数：1-100 000
ISBN 978-7-229-09876-6
定价：49.80元

如有印装质量问题，请向本集团图书发行有限公司调换：023-61520678

版权所有　侵权必究